KB165032

얀 이야기

②

카와카마스의 바이올린

*

얀의 녹턴

마치다 준 글 그림
김은진 한인숙 옮김

東 文 選

카와카마스의 바이올린

*

얀의 녹턴

町田　純

カワカマスのヴァイオリン

This edition was published by arrangement
with Publisher Michitani, Tokyo
through Access Korea Agency, Seoul

차 * 례

얀에게

즐거운 꿈을 꾸었지,

나는 혼자가 아니었어……

새벽녘 잠에서 깨어났지,

얼음장이 풀리면서 수선스레 떠내려가는 소리에

나는 기적이 일어나리란 상상을 하여 본다……

……………

……………

쾌활한 수런거림에 취하여,

가슴은 여느 때와 달리 벅차오르고……

연이은 봄의 생각,

나는 알지, 그대도 혼자가 아니라는 것을……

1903년 3월 11일, 알렉산드르 블로크

우거진 숲도 초목도 여름의 정열을 잃은 듯, 여름날 저녁은 그렇게 어쩐지 께느른한 피치카토를 연주하면서 언제 당도할지 모를 일몰을 기다리고 있었다.

그래도 풀들은 여름 향내를 여태까지 잔뜩 남겨두었다.

키 큰 풀들을 헤치고, 나는 온통 잔디로 뒤덮인 언덕배기에 가 앉았다.

낮 동안 뭉게뭉게 피어 감돌던 구름도, 이제는 먼 지평에 엎드려 누운 채 움직일 기미를 보이지 않았다.

모든 것이 울적하고, 야릇한 그리움으로 차 있었다.

바람이 불어오자 풀들이 일제히 쓰러지면서 이제 막 올라왔던 초원의 작은 길이 모습을 드러냈다.

어딘가에서 보금자리로 돌아가려는 새소리가 나는가 하였더니, 풀잎들의 바스락거림에 묻혀 이내 사라지고 말았다.

아득히 먼 언덕 아래, 아주 멀고 먼 초원의 끝에서 바람이 살포시 강 내음을 실어 온 듯한 기분이 들었다.

돌연 끼-, 끼-, 괴이한 소리가 났다. 새들의 지저귐이 뚝 그쳤다.

다시 끼-코, 끼-코, 스치고 지나가는 듯한 소리가, 바람과 풀들이 맞스치는 소리에 섞이어 흘러나왔다.

이따금 구름장 사이로 비껴드는 햇살이 초원에 강한 악센트를 던지곤 하였다.

끼이-, 끼이- 하는 기묘한 음(音)이 점점 더 가까워졌다.

한 무리의 떼구름이 태양을 가리자, 나는 어슴푸레한 초록 빛깔의 풀들에 잠겨 버렸다.

눈을 지그시 감으니, 또다시 먼먼 곳에서 실리어 온 듯한 강물 내음이 느껴졌다.

그렇게 한참이 지나 눈을 떴을 때에도, 구름은 여전한 모습으로 빛을 가리고 있었다. 모든 것이 울적한 그리움으로 차 있었다. 나는 다시 눈을 감았다.

끼-코, 끼이-코, 끼-끼-.

하는 수 없이 눈을 떴을 즈음 완만하게 이어진 초원 저쪽에서 그저 그런, 야간 구붓이 휘어진 막대기에 지나지 않은 듯한 어떤 것이 얼굴을 내밀었다. 햇살이 사라진 초원에서의 그것은 주위 빛깔에 온통으로 물들어 있었다. 그러다 아차, 생각할 겨를도 없이 키 큰 풀 뒤로 사라져 버렸다.

끼-끼-끼-. 풀숲 길에서 소리가 울려왔다.

나는 몸을 세워 응시했다. 바람이 제법 강하게 일자 풀과 풀들이 얼크러졌다. 마치 그것들을 풀어헤치고 나온 듯 카와카마스가 바이올린을 껴들고서 길쭉한 머리를 내비쳤다.

"어? 얏, 이런 데서 또 생각에 잠겨 있었던 거야?"
라고 말하면서, 카와카마스는 조심스레 바이올린을 다른 한 손으로 바꾸어 쥐었다.

특별히 무슨 생각에 잠겨 있었던 것도 아닌데, 나는 어쩐 까닭인지 "응, 그래!"라고 짧게 답해 버리고 말았다.

"그렇게 이런저런 생각에 빠져 있느니 차라리 이 소리에 빠져 보는 건 어때? 이렇게 현에다 활을 갖다대고서는……."

끼이-, 끼이-, 끼- 끼코, 끼코, 끼코…….

"그건 무슨 곡이야?" 하고 내가 묻자, 카와카마스는

"음…… 저, 그러니까 이 바이올린은 물 위를 하릴없이 떠다니던 거야. 마침 망망한 강 한가운데서 머리를 내밀고는, '어쩐지 기분 좋은 날이야' 하고 혼잣소리로 중얼거리고 있었을 바로 그때였지. 이게 내 등에 콩 하고 부딪치지 뭐야. 아니지, 등지느러미였던가?"라고 답하는 거였다.

그리고는 구멍난 고물 바이올린을 손보는 법에 대하여 이야기하기 시작했다. 먼저 자작나무 껍질을 잘 말려서 풀을 먹인 다음, 송진으로 만든 도료를 입혔다가 다 마르면 다시 한 번 송진을…….

카와카마스는 자신만만히 수선한 바이올린을 보여 주면서 자꾸만 수다스레 지껄댔다.

이윽고 또다시 연주가 시작되었다. 끼코끼코끼-끼-, 끼코끼코…….

카와카마스는 자신의 연주에 도취된 듯 열정적으로 끼- 끼-, 현을 켰다.

새들은 그 소리가 싫었던 모양인지 어딘가로 날아가 버렸다.

어느 사이엔가 구름은 하늘을 온통으로 뒤덮었고, 태양은 다시 얼굴을 내밀 수 없을 만큼 잠기어 있었다.

그래도 주위는 아직은 희미하지만 밝은 빛을 띠며 물들어 가는 여름날 황혼녘의 달콤한 풀 향기로 가득 차 있었다.

"내 오두막으로 가서 차 한 잔 마시지 않을래?"라고 묻자,

"아이, 좋아라. 그런데 어쩌지? 이제 곧 어두워질 테고, 그러면 돌아가는 길이 달라져 보여서 곤란을 겪게 될는

지도 모르는데. 어찌되었든 오늘은 이만 강으로 돌아가

봐야겠어. 내일 다시 찾아올게."

하고서, 카와카마스는 바이올린을 아감딱지 아래께에 갖

다대더니, 끼코끼코끼–끼– 현을 켜면서 키 큰 풀숲으로

멀어져 갔다.

　언덕을 내려가는 동안, 풀숲 사이사이로 이따금씩 바

이올린의 활이 보였다 안 보였다 했다. 생각이 그제야 떠

올랐는데, 어쩌면 그것은 물 위를 떠다니는 가늘고 기

다란 나뭇가지로 만든 막대인 듯했다.

　그 모습을 바라다보면서, 활은 떠내려오지 않았던 모

양이라고 마음속으로 짐작했다.

이튿날 황혼녘, 나는 오두막 문을 닫고서 언덕배기로 향하였다. 구름자락이 낮게 드리운 저 멀리로 안개가 자욱했다. 그래서 아득한 지평 저쪽의 커다란 강을 바라다볼 수가 없었다.

홀연 현을 켜는 소리가 한순간 들려오는 듯하였다.

새들의 지저귐이 언덕 아래의 우거진 숲으로부터 울리어 나오기도 했다. 풀숲을 누비며 은밀히 나아오는 바람과 함께 그러한 소리들이 그곳까지 올라왔다.

무성한 풀숲에 생긴 그늘 아래 멈추어 섰을 때, 다시금 바이올린의 현을 켜는 듯한 소리가 들렸다.

환청이었던 것일까. 언덕배기에 올라서자, 우울에 잠긴 듯 두꺼운 구름이 한층 어둡고 무겁게 내려앉아 온 하늘을 다 가리어 버렸다.

현을 켜는 듯한 소리는 그것을 마지막으로 더는 들려
오지 않았다. 아니, 애초부터 그러한 소리는 없었던 것
일는지도 모른다. 바람마저도 고요히 잠이 들었다.

저녁 어스름이 젖어드는 잔디에 누워, 나는 잿빛 구름
들을 망연히 올려다보았다.

다음 다음날도, 카와카마스는 여전히 모습을 드러내
지 않았다.

먼먼 지평 저쪽에서 바람이 울고 있었다.

나는 종일토록 오두막에 틀어박힌 채 종잡을 수 없는
공상의 세계를 떠돌았다.

다음날은 구름장 사이를 뚫고 나온 투명한 하늘이 거침새 없이 드넓게 펼쳐져 나갔다.

나는 오두막의 창을 한껏 열어, 여름날 오후의 내음을 깊이 들이쉬었다. 풀숲에서 뿜어내는 훗훗한 열기에 옅은 강 내음이 묻어왔다. 그리고 띄엄띄엄 들려오는 끼이-, 끼이- 소리.

이윽고 바깥쪽에서 요란스레 켜대는 현 소리가 났다.
문을 열자, 카와카마스가 도취경에 빠져서 불협화음을 연주하고 있었다.
나는 엉겁결에 두 손으로 귀를 감싸고서,
"이 곡은 대체 뭐지?"라고 소리치고 말았다.
"저어, 그러니까……." 끼이-끼이-, 끼코끼코끼코끼코. 카와카마스는 연주를 멈추지 않았다.

"······그러니까, 요컨대 ······인 거지······."

"어쨌든 안으로 들어가 차라도 마시지 않을래?" 하고,
나는 또 한 차례 소리쳐 물었다.

한껏 열어 놓은 창으로 바람이 상쾌하게 불어와, 사모
바르에서 피어오르던 수증기가 가볍게 흔들렸다.

"언제까지나 같은 것만을 되풀이하고 있어서는 안 돼.
일단 깡그리 파괴해 버리지 않으면······. 소리에 의미가
담겨서도 안 되지. 소리는 어디까지나 소리에 지나지 않
는 거니까. 그러므로 선율 따위도 필요치 않아. 미래의
음악은······."

차가 식는 것도 아랑곳하지 않고, 카와카마스는 열변
을 쏟았다. 이따금씩 테이블 위의 바이올린으로 눈길이
가닿을라치면 기쁨에 겨운 듯 실눈을 지었다. 자세히 살
펴보니, 그것은 정말로 잔뜩 때운 땜질투성이 바이올린
이었다.

"그럼 조금 전의 연주는 뭔가 새로운 곡이었던 거야?"

"그래, 일종의 전위 음악인 거지. 의미를 담지 않은 한 음 한 음이 차곡차곡 쌓여서, 어떤 종류의 건축이 되는 거야. 그래……, 견고한, 누구도 무너뜨릴 수 없는 그런……. 참, 조금 전에 연주했던 부분을 한 번 더 들려줄까?"

"아 아니, 이제 그만 됐어. 차 식을라" 하고, 나는 얼른 둘러댔다.

카와카마스는 차를 마시면서도 미래의, 이다음 음악에 대하여 끊임없는 수다를 늘어놓았다. 그러다가 이따금 지느러미로 바이올린을 살며시 만져 보고는 하였다.

"얀도 켜 볼 테야? 뭐, 어려울 것도 없어. 그냥 활로 문지르기만 하면 돼. 자, 이렇게 하고서……" 하며, 카와카마스가 바이올린을 연주하려고 해서,

"아, 좋아. 그렇지만 그 바이올린은 카와카마스가 퍽이나 아끼는 것일 테니, 이제 됐어"라고 말했더니,

"그러네, 하나 더 떠내려오면 수리해서 얀에게 주도록 할게. 그때까지만 기다려" 하고는, 자신의 바이올린을 가만히 들여다보면서 카와카마스가 말했다.

"응, 좋아"라고 대답하고 나니, 나는 조금 안심이 되었다.

그로부터 얼마 지나지 않아, 카와카마스는 구름 한 점 없이 활짝 갠 상쾌한 여름날의 황혼 속을 걸어 내려가고 있었다.

현을 세게 켜서인지 끼-끼- 소리가 비탈을 타고 언덕 언저리까지 울려왔다.

그리고 멀리멀리 멀어져 가서는 바이올린을 높이 쳐들어, 작별의 인사를 보내왔다.

하루, 하루, 여름은 뒷걸음쳐 초원 저편으로 자취를 감추어 갔다. 바람의 방향이 바뀌었고, 짙푸른 풀빛들의 내음도 조금씩 옅어지고 있었다.

카와카마스는 다시 모습을 보이지 않았다. 나는 곤혹스럽기 그지없던 그 불협화음을 듣지 않고 지낼 수가 있게 되었다.

그러던 어느 저물녘, 천둥소리와 함께 세차게 쏟아져 내리는 빗줄기에 여름은 월귤나무 열매처럼 그렇게 비탈진 언덕에 널브러져 버렸다.

8월도 어느덧 막바지에 접어들어 아침 나절이면 초원의 언덕께로 불어치는 바람에서 문득 찬 기운이 느껴져, 새삼스레 여름의 끝을 실감하고는 했다.

그리고 언제까지나 뭉그적거리고만 있는 내 마음이며 하늘 모양을 밀쳐 버릴 듯한 기세로, 예기치 못한 사이 첫가을의 파란 하늘이 펼쳐지고 있었다.

이튿날, 날씨가 갈수록 싸느랗더니 기어이 초원에 차가운 빗발을 뿌리기 시작했다.

정오가 조금 지났을 무렵부터는 바람까지 일어, 흩날리던 빗방울들이 창에 부딪혀 부서져 내렸다.

젖은 풀들도 뜻밖의 추위에 놀란 듯 서로를 붙안은 채 떨고 있는 모습이 창으로 내다보였다.

그때, 바람 소리에 섞이어 문 아래 귀퉁이 쪽을 톡톡 두드리는 소리가 났다.

카와카마스일 거라고 여기기에는 아무래도 키가 작은데 싶은 생각을 하면서 문을 여니, 거기 자그마한 헝겊 주머니를 꼭 껴안고 웬 다람쥐 녀석이 서 있었다.

"언덕 위에서 월귤을 따고 있었는데, 자꾸만 비바람이 심해져서⋯⋯."

물에 빠진 생쥐 꼴을 하고서 다람쥐가 말하였다.

"잠시만 비를 그어 가도 될까요?"

"응, 그래" 하고, 나는 쾌히 승낙했다.

조그맣고 빨간 빛깔의 열매들이 모슬린처럼 얇고 보드라운 헝겊 주머니에 언뜻 얼비치었다.

조금씩 누른빛을 더해 가는 풀들을 잘라 가장자리를 장식한 그 주머니를 조심스레 마루의 구석진 자리에 내려놓더니, 다람쥐는 짐짓 새치름한 표정을 지으며 안으로 들어왔다.

나는 사모바르에 숯불을 넣었다.

"올해는 가을이 이른 듯해요."

오도카니 앉아서 다람쥐가 말하였다.

"음, 여느 해보다도요."

바람이 피아노 치듯 창유리를 두드려 대었다.

"자꾸만 심해지면 어떡하지……."

불안에 싸인 얼굴로 다람쥐는 창밖을 바라다보고 있었다. 오두막 안이 어스레한 탓인지 젖은 갈색 빛깔의 털이 회색빛으로 보였다.

따끈히 데운 차를 마시면서, 우리는 두세 마디로 끝

나는 대화를 반복했다.

빗줄기가 조금씩 가늘어 가고, 바람마저 잦아들어 다람쥐가 돌아가려 했을 때, 비바람이 또다시 몰아쳤다.

그렇게 몇 번인가를 되돌면서 차츰차츰 날이 회복되어 갔다.

꼬리 끝까지 완전히 뽀송뽀송해진 다람쥐가 오두막을 나선 것은, 그로부터 한 시간쯤 지나서였을 것이다.

풀 속으로 모습을 감추기 전에, 다람쥐는 이쪽을 향해 작은 몸짓으로 인사를 남겼다.

한참이 지나서야 나는 마루의 구석진 자리에 두고 간 다람쥐의 헝겊 주머니 생각이 났다.

주머니를 집어들고서 황급히 문을 열자, 바깥은 여름날의 추억처럼 눈부신 빛들로 넘쳐흐르고 있었다.

다람쥐는 그 빛 속으로 사라져 보이지 않았다.

다람쥐가 물에 빠진 생쥐 꼴을 하고서 찾아왔던 날을 경계로, 초원은 가을꽃들로 채워져 갔다.

언덕 중턱의 성급한 자작나무는, 어느새 노란빛으로 아롱진 잎들을 한가득히 달고서 자랑스레 서 있었다.

지평에서부터 이 언덕의 꼭대기까지, 띄엄띄엄 늘어선 구름들은 서로 말이 없었다.

강은 여느 때와 다름없이 유장하고 고요하게 구불구불 흘러가고 있었다.

그 아득히 먼 강을 배경 삼은 초원의 비탈길에, 물 위를 떠다니는 나뭇가지로 만든 듯한 활이며, 등을 구붓이 한 채 열심히 바이올린을 연주하고 있는 카와카마스의 모습이 연이어 나타났다.

그런데 불가사의하게도 그 끼-끼- 하고 울리던 불협

화음은 들리지가 않았다.

희미하고 불완전하게 흘러나오기는 하였지만, 내 귓전을 울리는 바이올린의 그 음빛깔은 마치 어디선가 들어 본 듯한 선율 같았다.

라라라라라라아-라아, 라-라라아라라라라아—, 라라라라아-라-…….

마른 풀 내음이 실리어 온 듯했다.

라, 라, 라, 라, 라아-, 라아-…….

카와카마스는 한 음 한 음 확인하듯이 천천히, 아주 천천히 연주하고 있었다.

라라라라라라아-라아, 라-라라아라라라라아—, 라라라라아-라-…….

카와카마스의 두 눈은 초점을 잃고서 제멋대로 향하여 있었다.

마치 꿈꾸듯 시를 읊조리던 그때외도 같이.

"앗! 얀, 이 선율은 그러니까 음, 마치 안단테 칸타빌레 같지 않니? 역시 감미로워, 이 곡은. 꼭 꿈결 같아. 바이올린을 이다지도 멋들어지게 연주할 수 있다니, 정말 행복해."

라라라라라라아–라아–……

"저……, 전위 음악은 그만둔 거야?"

라–라라아라라라라아―,

"아, 아니, 그렇지는 않고, ……그저, 연주력이 조금 향상된 거라고나 할까."

"그런 거로구나."

"맞아, 그런 거야. 아주 조금이긴 하지만."

여전히 불완전하게 연주되는 한 음 한 음을 그럭저럭 이어서 듣고 있노라니, 어느덧 나의 머릿속에도 애틋한 그 선율이 흘러들고 있었다.

"어쨌든 오두막으로 들어가 차라도 마시지 않겠어?"

하고, 내가 말했다.

* 안단테 칸타빌레……차이코프스키가 작곡한 현악 사중주곡 제
  1번의 제2악장.

카와카마스는 바이올린을 손에 들고서 내 뒤를 따라
들어왔다.

　　차를 마시면서, 카와카마스는 내내 음악 이야기를 했
다. 강 이야기는 거의 하지 않았다. 그만큼 카와카마스
는 음악에 몰두해 있었다.

　　"인간들도 어쩌다가 좋은 걸 만들기도 한다니까. 그치
만 이것도 원래는 우리네들 사이에서 아주 옛부터 입에
서 입으로 전해 내려오던 곡이었지……, 그것을 농부들
이 흉내내기 시작한 거고……."

　　"정말이야?"

　　"정말이래도."

라고 말하며, 카와카마스는 활로 등을 긁적였다.

　　그리고는 또다시 어떻게 해서 바이올린의 한 음 한 음
이 그렇듯 정확한 음정으로 연주되기에 이르렀나를 설명
하기 시작했다.

　　창에는 맑은 하늘에 두 개의 작은 조각구름이 거리를

두고서 떠 있는 모습이 담겨 있었다.

한참을 지켜보아도 그 조각구름들은 움직일 기미를 보이지 않았다.

돌아갈 즈음에 카와카마스는 조금 전의 곡 후반부 선율을 연주하기 시작했다.

퍽이나 아름다운 선율이었다.

라아-라아라, 라아-라아라, 라아-라……, 라아라라, 라아라라-……

"이 소절은 아직도 멋들어지게 연주되지가 않는단 말씀이야."

말은 이렇게 하면서도 그다지 나쁘지는 않은 투였다.

여름이 다 지나가 버렸다고는 해도 군데군데 푸른빛이 남아 있는 융단 같은 초원을 향하여, 카와카마스는 언제나처럼 바이올린을 연주하면서 내려갔다.

상쾌히 불어오는 바람결에 실리어서, 그 고운 음빛깔들이 기분 좋게 내 귓가에 맴돌았다.

그칠 듯 그치지 않은 안개비가 내리던 날, 나는 비탈진 언덕길을 내려가 잎갈나무 숲으로 향하였다.

잎갈나무들의 누런빛이 안개비에 젖어 번지듯이 지면을 감돌고 있었다.

숲 속으로 나아가자 하얀 털에 누런빛 물이 들어, 나는 그만 흐릿한 빛깔의 황금색 고양이가 되고 말았다.

잎갈나무 숲을 지나, 편백 숲으로 들어섰다. 숲 속 나무 밑에 자라난 풀덤불들 사이사이 잔비늘 같은 조각을 겹겹이 포갠 큼직한 방울열매 몇 개가 싸늘히 젖은 채 나뒹굴었다.

열매를 주워 들어 그 무게를 느껴 보았다.

숲이 울창해지면서 하늘빛도 점점 옅어져 갔다. 세로로 기다랗게 갈라지는 나무껍질들도 의외로웠다.

순간 왼쪽에서 오른쪽으로, 내 앞길을 자그마한 뭔가가 가로질렀다. 주위를 찬찬히 둘러보았으나 더는 눈에 잡히지 않았다. 기분 탓이려니 여기고서 앞으로 나아가려는데 이번에는 오른쪽에서 왼쪽으로, 웬 버섯 하나가 내달렸다.

버섯은 홀연 발걸음을 멈추는가 싶더니 길가에 오도카니 서 있었다.

주뼛주뼛하다가 다가가 보니, 우산 모양의 큼지막한 버섯을 껴안은 들쥐가 나를 주시하고 있었다.

내가 인사말을 건네야 할지를 망설이고 있자니,

"저 말이지, 지금은 겨를이 없어서……."

하고, 자기 머리통보다도 훌쩍 큰 버섯 우산을 껴안은 채 들쥐가 냉큼 말하였다.

내가 무어라고 대답할 말을 찾으려 들자, 들쥐는 잽싸게 길 옆 풀숲으로 사라져 버렸다. 그리고 어느새 저쪽 어린 편백 아래께까지 가 있었다. 몸의 대부분은 풀들에

가리여 보이지 않았지만, 머리는 분명코 이쪽을 향하고
있었다.

　유심히 살펴보지 않았다면, 그저 큼지막한 버섯이 나
서 자라고 있으려니 여기고 말 터였다.

　나는 무어라고 말을 걸어 볼 참이었다. 그러자

　"저 말이지, 지금은 겨를이 없어서……."

하고, 들쥐는 놀란 듯 자그만 눈을 크게 뜨고서 끔뻑거
리더니 곧장 무성한 댕댕이덩굴 속으로 멀어져 갔다.

　큼지막한 버섯 우산만이 이따금씩 댕댕이덩굴 잎들 사
이로 언뜻언뜻 내비치었다. 그러다 그 자취마저 이내 사
라지고 말았다.

　편백 숲은 깊다란 숨을 모으듯이 다시 정적에 잠겼다.

낮게 드리운 나뭇가지를 타고 내려오던 빗물이 뾰족한 잎 끝에서 방울져 떨어졌다. 그 한 방울이 내 머리털에도 떨어져 내렸다.

숲은 그렇게 안개비에 젖어들면서 내 우산이 되어 주었다.

그리고 어느 결엔가 편백 숲이 끝났다.

눈앞에 젖은 초지가 펼쳐지고, 남겨진 자작나무 몇 그루만이 무료한 듯 줄지어 늘어서 있다.

그 건너편으로 다시 편백 숲이 끝도 없이 이어지고, 안개비로 흐릿해진 끝 모를 어디쯤에서 잿빛 하늘과 섞이어 들더니 어느새 스러져 버렸다.

바야흐로 가을은 초원이며 숲이며 초목이며 연못까지, 아득히 먼 큰 강까지, 그리고 이 언덕까지 붙들고서는 결단코 놓아 주지 않을 듯한 기세였다. 모든 것이 가을의 손에 달려 있었다. 변덕스럽기 그지없는 가을의.

그날은 쾌청했다.

키 큰 풀들이 왈츠를 추고, 초원의 꽃들은 여기저기 흩어져 가을을 노래했다.

나는 먼 길을 떠날 채비에 여념이 없었다. 언덕을 내려가, 오랜만에 저 강 쪽까지 나아가 볼 참이었다.

모처럼 아침 일찍이 일어나 구운 피로그를 자작나무로 결은 바구니에 한가득히 채우고서, 풀밭에 앉을 때 깔개로 쓰느라 너덜너덜 해어진 자투리 융단도 돌돌 말아서 삼끈으로 동여맸다. 더러워진 창유리 너머로 기대

했던 푸른 하늘이 언뜻 눈을 스쳤다.

자아, 이제 슬슬 나가 보자고 생각하고 있을 즈음 오두막 저 멀리 아득한 곳에서 바이올린의 음향이 바람결에 어렴풋이 울려오는 듯하였다.

어? 나의 두 귀는 온통으로 그 음향에 쏠리었다. 띄엄띄엄 귓가에 와 닿는 선율을 어렵사리 이어 가며 듣고 있노라니, 내 귀가 낯설지 않은 예의 그 곡을 기억해 냈다.

라아-라라, 라아-라라, 라아-라, 라아라라, 라아라라, 라아-라, 라-······

라아-라라, 라아-라라, 라아라라-, 라아-라, 라-, 라-, 라-······

하지만 어쩐지 요전보다 음량도 풍부한 듯하고, 왠지 모르게 선명하고 야릇한 느낌을 주는 입체적인 음악이었다.

나는 바구니를 마루에 내려놓고, 문을 열었다.

풀과 풀들이 물결처럼 굽이치면서 황금빛으로 빛났다.

또다시 상쾌한 바람에 실리어서 시골풍의 바이올린 선율이 들려왔다. 마른 풀 향기처럼. 이번에는 마치 피치카토와 같은 반주 음빛깔도 섞이어 있었다.

가을 초원이 갈마드는 물결처럼 요동쳤다.

이따금 빛을 받은 물마루가 은색으로 빛나곤 했다.

돌연히 키 큰 풀들보다도 더 높이 카와카마스의 뾰족한 머리와 바이올린의 활 끄트머리가 나타났다.

그리고, ……또 하나의 카와카마스가…! 그 역시 뭔가를 연주하고 있는 듯했다. 활이 풀들 위로 솟아올랐다가 숨었다가 했다.

아아, 이중주였던 거로구나고 나는 그제야 납득했다.

그 듀엣이 열심히 연주를 하며 풀빛 물결을 헤치고서 조금씩 조금씩 이쪽으로 나아왔다.

하늘은 티 없이 맑고 맑았다. 먼먼 지평선 가까이엔 강이 빛나고 있었다.

듀엣은 어느 결엔가 자취도 없이 사라져 버렸다!

풀숲에서 한 마리 산메추라기가 날아올랐다.

그러자 바로 그 듀엣이 모습을 드러냈다.

이제는 눈앞의 풀밭에서 기쁘게 연주를 하고 있다. 안단테 칸타빌레다.

카와카마스가 주요 선율을 연주하면, 다른 카와카마스

는 대개 기이– 하고 반주를 하거나 피치카토로 따랐다.

그제야 나는 비로소 알아볼 수가 있었다. 다른 카와카마스가 지닌 악기는 조금 기묘한 바이올린이었다. 몸통은 사각에 바이올린보다 약간 더 컸다. 게다가 유심히 살펴보니, 왠지 많이 서투른 솜씨에 그나마 한쪽은 일그러진 모양새였다. 하지만 불가사의하게도 음은 제대로 울리어 나왔다.

한바탕의 연주가 끝나자,

"어이쿠, 얀! 날씨가 너무너무 좋다 보니 연주를 하면서 그만 예까지 와 버렸지 뭐야. 카와멘타이는 너무나 세게 켜는 바람에 언덕을 오르는 도중 현이 다 끊어져 버렸다니까. 아니, 한 줄뿐이었기에 망정이지. 그건 그렇고, 이제는 어디를 둘러보아도 가을빛이 완연하더라. 강도, 수풀도, 언덕도. 어쩐지 가을은, 저, 가만히 있을 수 없게 만드는 거 같아……."

하고, 카와카마스가 수다스레 지껄이기 시작했다.

아, 그러니까 다른 카와카마스는 카와멘타이인 모양이로구나고 나는 생각했다.

예의 카와멘타이는 카와카마스가 연방 수다를 떨어대는 동안에도 한결같이 생글거리는 낯빛으로 상자 모양의 괴상야릇한 바이올린을 대수로이 여길 일도 아니라는 듯 한쪽 지느러미로 아무렇게나 껴든 채 서 있었다.

"아차, 소개한다는 걸 까맣게 잊어버리고 있었네. 이쪽은 카와멘타이. 그리고 얘가 들고 있는 건 내 손으로 직접 만든 박스스타일의 비올라야. 모양은 좀 변변찮지만, 저래도 음빛깔만은 더할 나위 없이 훌륭하지. 왜 그런가 하면……."

카와카마스는 또다시 수다를 늘어놓기 시작했다.

카와멘타이는 말없이 생글거리고만 있다가 이따금씩 맞장구를 쳤다. 그러다 이제는 상자 모양의 비올라를 아주 소중한 것인 양 한 쌍의 가슴지느러미로 감싸서 품에 안았다.

고개를 주억거릴 때마다 아래턱에 난 한 가닥뿐인 수염이 비올라의 현에 닿아서 비비대는 모양새가 조금은 우스꽝스럽기도 했다.

"저, 괜찮다면 차 한 잔 마시고 가지 않을래?" 하고, 내가 물었다.
"아, 그거 좋겠다. 그러잖아도 우리 둘 다 목이 몹시 마르던 참이었는데."

이렇게 해서 나의 작고 볼품없는 오두막은 갑작스레 활기를 띠었다. 그렇다지만 카와카마스의 음성만이 요란히 울릴 뿐, 나는 다만 "응"이라거나 "음… 그래"라거나 "흠" 정도의 응수만을 하였더랬다.

카와멘타이는 변함없이 그저 생글거리면서 우리들의 이야기를 듣고 있을 따름이었다. 몸집은 큰데도 조심을 기울이는 소극적인 이족이라는 생각이 들었다.

한참 뒤에야 나는 두번째 차를 따랐다.

"아, 얀! 몹시도 목이 말랐더랬는데, ……정말 맛있게 잘 마셨어. 요다음에는 우리 둘이서 녹턴을 연주해 보자는 이야기를 나누었는데 말이지. 그래, 보로딘의. 그리고 그 곡을 잘 연주할 수 있게 되면, 첫번째 악장도 도전해 볼 참이야. 이 알레그로의 첫 악장은 무어라 형용할 수 없을 만큼 굉장하거든. 가슴이 벅차오르고, 또 뭔가 계절적인 분위기 같은 것이 자우룩이 감싼 듯한 느낌이 있어 너무 좋아."

카와카마스는 이야기를 그칠 줄 몰랐다.

한편, 카와멘타이는 내가 차를 따르자 아주 기쁜 듯 인사처럼 머리를 두어 번 위아래로 주억이더니 생글거리면서 양 지느러미로 찻잔을 받들었다. 나는 수염이 찻잔 속에 들어가지나 않을까 싶어서 내심으로 조마조마하였다.

* 보로딘의……보로딘이 작곡한 현악 사중주곡 제2번의 제3악장.

카와카마스의 이야기를 들으면서 그가 내 쪽을 흘끗 쳐다보았다. 눈이 마주치자 여전하게 생글거리더니, 웬일인지 이내 장난꾸러기처럼 눈을 내리뜨고서 이번에는 카와카마스 쪽을 보았다. 그리고는 찻잔 속을 꼼짝 않고 들여다보고 있었다.

홍차에 비치는 자신의 얼굴을 보고 있는 모양이었다.

상당한 시간이 흘렀을 무렵에야 나는 자작나무 바구니에 담아 놓은 피로그를 떠올렸다.

속에 버섯을 가득 채워 구워 낸 피로그를 볼이 미어지도록 잔뜩 입에 넣고서 우물거리느라 카와카마스마저도 한동안 입을 열지 못했다. 셋이서 이렇게 차를 마시고, 또 피로그를 나누어 먹고 있으려니 마냥 즐겁기만 했다.

피로그를 몽땅 먹어치우고, 석 잔째인지 넉 잔째인지 모를 차까지 마시고 나니 어느덧 작별의 때가 왔다.

카와카마스와, 그리고 카와멘타이의 지느러미를 잡고 두세 마디 작별의 인사를 나눈 뒤, 우리는 오두막을 나섰다.

언덕을 내려가는 바이올린과 비올라는, 그립고 정다운 선율을 언제까지나 들려주었다.

그러다 조금씩 조금씩 선율은 가느다란 한 줄기 선이 되어, 저 큰 강을 향하여 사라져 갔다.

남겨진 것은 해질녘의 비끼는 햇살 속에서 은빛으로 물결치는 초원과,

······그리고 나 혼자였다.

한동안 황금빛으로 휩싸인 초원에서 아주 살았다.

꿈 같은 하루하루를

점점이 떠 있는 구름들과 이야기를 나누며,

또 황혼이 깃들 때면 반짝이는 금성을

마른 풀밭에 아무렇게나 드러누워 바라다보곤 했다.

이윽고 무상한 비는 다음날도, 그 다음날도 그치지 않고 초원을 적셨다.

키 큰 마른 풀들은 점점 등을 구부려 가다가, 기어이 지면에 널브러져 버렸다.

비가 멎었다.

갓 피어오른 차가운 안개가 멀리 잎갈나무 숲이며, 여기저기 흩어져 있는 자작나무들을 짙거나 엷게 가리면서 띠처럼 좁고 길게 퍼져 나갔다.

이리하여 나의 언덕에도 유백색의 가로줄무늬 몇 가닥이 그려졌다.

그 안개 저편에서, 어쩐지 애달프게 느껴지는 저 둘의 이중주가 다시금 언덕배기까지 유장히 올라왔다.

습기 때문에 멀리까지 울려 퍼지지 못한 음빛깔의, 그

처량한 곡조가 유백색의 짙은 안개 속으로 스며들었다.

그리고 엷은 줄무늬 속에서 둘의 모습이 반쯤 드러나 보이는가 싶더니, 이내 짙은 줄무늬 속에 잠겨 버렸다.

그러기를 거듭하면서 둘은 조금씩 조금씩 젖은 비탈길을 거슬러 올라왔다.

둘의 몸이 안개에서 완전히 놓여나 경쾌하게 언덕배기에 이르렀을 때, 가파른 경사지의 풀숲께에서 순간 카와멘타이의 꼬리지느러미가 뒤로 밀리어 나갔다. 주르륵 미끄러져 내리다가 아주 나둥그러지면서 상자 모양의 비올라가 시들마른 수풀 위에 내동댕이쳐졌다.

아무래도 걱정이 되었던 나는 질척거리는 풀숲에 발을 빠뜨려 가면서 단숨에 가파른 경사지로 내달렸다.

카와카마스의 부축으로 카와멘타이가 이제 막 어렴사리 일어서려던 참이었다.

"앗, 얀! 장맛비로 풀이랑 흙이 죄다 젖어 있어서 그
런지 걸음을 옮기기가 여간 힘들지 않네. 이제까지 줄곧
녹턴을 연주하면서 올라왔는데. 저어, 그러니까 보로딘
의, 그러니까 우리 둘이 강에서부터 여기까지 내내."

나는 시들마른 풀들 사이에 아무렇게나 뒹굴고 있는
비올라를 주워 카와멘타이에게 건넸다.

다행히 상처를 입거나 하지는 않은 듯해 보였다.

가을 풀들은 짓궂은 장난꾸러기들 같다가도 너그럽고
속 깊은 마음씨로 안을 줄도 아는 것 같았다.

우리 셋의 등 뒤로 엷은 햇살이 비껴들어, 안개 초원
저 너머의 자작나무에 선명히 남아 있는 노란 잎들이 반
짝반짝 빛을 발하는 모습이 내려다보였다.

가슴지느러미를 뒤로 돌려 등을 가볍게 문지르면서 카
와멘타이가 오두막의 의자에 앉았다.

"애는 비늘이 없어서 이럴 땐 참 난처하다니까" 하고, 카와카마스가 농담조로 말했다.

카와멘타이는 언제나처럼 생글생글하면서 등지느러미의 위쪽을 어루만지기만 할 뿐이었다.

몸의 여기저기에 기다란 마른 풀들이며 작은 나뭇잎들이 잔뜩 달라붙어 있었건만, 그런 외양엔 아랑곳하지 않은 채 카와카마스의 끝없이 이어지는 이야기를 곧추앉아서 듣고 있었다.

나는 사모바르에 숯불을 넣어 가열한 지 한참 만에 팔팔 용솟음치며 끓어오르는 수증기를 보면서 초원의 안개를 떠올리고 있었다.

카와멘타이는 마치 안개 속에 숨은 양 뿌연 수증기 너머로 희미하게 보였다.

"……그런데, 보로딘은 인간인데도 어쩜 이렇게 멋진 곡을 쓸 수가 있었을까? 틀림없이 헤엄도 잘 치는 사람이었을 거야. 그렇지? 저토록 분방하게 스케르초를 쓴 걸 보면, 정말 거침없이 물속 여기저기를 헤엄쳐 돌아다녔을 것 같지 않아! 게다가 그의 곡에서는 꾸미려고 기를 쓰는 기색을 전혀 찾아볼 수가 없으니 말이야. 카와멘타이, 네 생각도 그렇지?”

카와카마스가 돌연히 동의를 구하자, 카와멘타이는 생글거리며 머리를 위아래로 가볍게 끄덕여 보였다. 카와멘타이의 아감딱지 언저리에서 작고 노란 마른 잎 하나가 떨어져서는 나풀나풀 날리어 테이블 위에 내려앉았다.

그리고 테이블 끄트머리에 놓인 상자 모양의 비올라를 기쁜 듯 바라보았다.

카와카마스의 억지스러운 결론에 따르면, 보로딘은 그루지야 왕자의 아들로, 그 그루지야 귀족인 게디아노프 가문의 선조가 담수어였다고 한다.

다만 그것이 어떤 담수어였는지는 알 수 없노라 했다.

맹렬한 기세로 수증기를 내뿜으며 애타게 기다리고 있는 사모바르 곁에 둘러앉아서 우리 셋은 차를 마셨다.

카와멘타이는 오늘도 내처 듣는 역할이었다. 아니, 그

점에 있어서는 나도 마찬가지긴 하였으나, 그가 무어라고 재재거렸다……는 기억이 도무지 없다.

"카와멘타이는 강 어디쯤에 살고 있어? 강가의 오막살이집 같은 곳이야…?"

하고, 내가 물었더니

"아니아니, 얘는 깊은 곳이 좋대. 얕은 여울은 성미에 맞지 않대나. 이것 봐, 자갈밭에서 데구루루 구르기라도 할라치면 몸에 금세 상처가 나버릴 것 같잖아. 비늘이 없어서 그래. 언제나없이 깊은 웅덩이에 틀어박혀 가만히 엎드려 있을 뿐이지. 그것도 대개가 같은 장소에선걸. 그래서 곧장 찾아낼 수가 있으니 좋기도 하지만 말이야."

하고, 그마저도 카와카마스가 대신하여 대답했다.

카와멘타이는 생글거리면서 카와카마스의 말끝마다 일일이 고개를 끄덕여 "맞아요" 하고 수긍했던 것처럼, 내 쪽을 향하여도 다시 한 번 고개를 깊숙이 숙여 보였다.

몹시 조심성스러운 어족이라는 생각이 내 안에 차올랐다.

카와카마스의 음악에 대한 설교가 일단 막바지에 접어들었을 무렵, 오두막은 흡족한 양 우리의 마음을 훈훈하게 만들어 주었다.

기분 좋은 정적이 흘렀다가 스러졌다.

창밖은 다시금 안개에 휩싸여, 어렴풋하게나마 비탈진 언덕이 완만하게 경사를 이루고 있는 것처럼 바라다보였다.

"다음에는 어떤 곡을 연주할 거니?" 하고 묻자,

"아냐, 어쨌든 보로딘을 완전하게 마스터하지도 않은 데다가…… 이것 봐, 맨 첫 악장이야. 저 몽환적인, 새로운 계절의 시작을 암시하는 듯한……."

"새로운 계절이라니?"

"이를테면……, 봄의 시작 같은. 자작나무랑 잎갈나무에 엷게 윤기가 흐르고 새싹이 돋아나는 때이지."

"이런 식으로……" 하며, 카와카마스는 바이올린을 아감딱지 아래께에 갖다대고서 지그시 누르더니 처음 몇 소절을 연주해 보이기 시작했다.

카와멘타이는 도취한 듯 귀여겨들으면서 잔 속의 홍차를 실눈으로 들여다보고 있었다.

"이제껏 여기까지밖에 하지 못했어"라며 카와카마스가 바이올린을 내려놓자, 불현듯 카와멘타이가 양 지느러미로 소리나게 박수를 치기 시작했다. 그래서 나도 그만 영문도 모르는 채 손바닥으로 소리 없는 박수를 보냈다.

카와카마스는 지느러미로 머리를 긁적이며 쑥스러운 표정을 지어 보였으나, 그렇다고 아주 싫지는 않은 듯

"아냐, 아직도 멀었는걸" 하고 말했다.

"응, 그렇더라도 아주 멋졌어"라고, 나는 응대해 주었다.

둘이 등지고 있는 창에서 완만하게 보이던 비탈이 사라지더니, 석양빛에 스며들던 유백색 안개도 엷은 진홍빛과 어우러지면서 천천히 초원을 빠져나갔다.

그후로도 아주 오랫동안 잡담을 나누다 밖으로 나왔을 때에는 해가 완전히 잠겨 있었다.

"안개가 걷혔네." 카와카마스가 말했다.

"칸델라를 가져가 볼 테야?" 내가 물었다.

"아 참, 그게 좋겠다. 아무래도 풀들이 아직은 미끄러울 테니 말이야."

나는 오두막으로 되돌아가 칸델라에 불을 켜서 카와멘타이에게 건넸다.

저녁 어스름 속에서 카와멘타이의 오렌지색 머리가 떠올랐다. 한쪽 지느러미로는 칸델라를 들고, 다른 한쪽 지느러미로는 비올라를 붙안고서도 카와멘타이는 생글거리면서 나를 응시했다.

"조심히 내려가" 하고 당부의 말을 전하자, 여전한 생글거림으로 화답해 왔다.

"숲 언저리는 이보다 어두울 테지. 그래도 별이 하나둘씩 돋아나고 있으니 괜찮을 거야. 방위를 알 수가 있잖아. 안개가 걷힌 덕분이지……."

하며, 카와카마스가 혼잣소리처럼 중얼거렸다.

　바이올린과, 비올라와, 그리고 칸델라가 지그재그를 그
리며 비탈을 내려가고 있었다.

　먼 숲은 시커멓게 뭉쳐 그들을 집어삼킬 듯한 기세다.

　하지만 그 숲 끝에서는, ……둘의 강이 귀로에 오른 그
들을 가만가만 기다리고 있을 터이다.

　나는 이리저리로 자꾸만 흔들거리는 칸델라 불빛을 먼
눈으로 계속해서 좇고 있었다.

　어느 사이엔가 내가 서 있는 초원 마루도 비로드 같은
밤이 이슥히 깊어 가고, 칸델라의 불빛도 숲 위에서 초
롱초롱 빛나는 별빛들에 섞이어 버렸다.

　절반의 가을이 흘러갔다.

비가 갠 한낮, 버섯이나 딸까 하고 오랜만에 숲으로 내려갔다.

젖어서 번들거리는 자작나무들의 수피를 보면서, 연갈색 융단을 지르밟아 가면서 잎갈나무 숲을 빠져나갔다.

마가목의 붉은빛이 도는 아름다운 별표 열매들이 푸른 하늘 여기저기에 흩뿌려져 있는 듯한 오솔길도 걸었다.
편백 숲은 멀지 않았다.

깊은 숲 속까지 좀더 들어가 보았는데도 버섯은 생각만큼 눈에 띄지 않았다.
올해는 흉작인 걸까, 아니면 누군가가 앞서 채취해 가버린 걸까?
문득 숲 속 쪽을 건너다보니, 어두운 빛깔의 아름드리 편백 아래 쓰러져 누운 갈잎나무에 들쥐가 오도카니 앉아서 뭔가를 열심히 그려 넣고 있었다.

　나는 조금 괴이쩍은 생각이 들어 가까이 다가가 보았다. 들쥐는 나의 기척을 알아차리지 못한 기색이었다. 오로지 뭔가를 그려 넣는 일에만 몰두해 있었다.

　뒤쪽에서 살며시 들여다보니, 무슨 지도 모양을 스케치한 것으로 거기엔 작은 글자들도 써넣어져 있었다.

　도저히 참을성 좋게 마냥 기다리고 있을 수만은 없다는 생각에, 나는 기어이 질문을 던져 보기로 결심했다. 그때 갑작스레 뒤쪽을 돌아보며, 그다지 놀라는 기색조차 없이 들쥐는 내게

　"저 말이지, 지금은 겨를이 없어서……"라고 말하였다.

　그러더니 다시금 스케치를 열심히 해나갔다. 아주 짤따란 연필을 쥐고서.

　누렇게 바랜 작은 종잇조각에 매한가지인 작은 널빤지를 받치고 그렸는데, 아무리 들여다보아도 나로선 도저히 알 수 없는 그림이었다.

이 작은 수수께끼가 어쩐지 마음에 걸리지 않는 건 아니었으나, 방해는 말아야겠다는 생각에 나는 그 자리에서 조용히 물러나려고 낙엽들 위로 발걸음을 옮겼다.

"저 말이지, 잊어버리기라도 하면 안 될 것 같아서야."

들쥐는 나의 그러한 심사를 헤아렸는지 스케치를 계속해 나가면서 간략히 답해 주었다.

"……그럼 혹시 도토리나 호두나 밤이나 버섯의?"

"그래. 저 말이지, 그런데 지금은 겨를이 없어서"라고 들쥐는 덧붙였다.

'아, 그랬구나! 저장한 장소를 잊어버리지 않으려고 그렇게 열심히 그리고 있었던 거로구나!'

저마다 자기 나름의 겨우살이 준비를 서두르고 있었던 것이다. 그리고 그런 지극히 당연한 모습에 나는 어쩐지 감동하였다.

꽤 멀리 떠나와 뒤를 돌아보니, 들쥐는 여전히 열심이었다. 낙엽을 지르밟는 소리가 숲에 가만가만히 울렸다. 들쥐가 얼핏 이쪽을 바라다본 듯도 하였으나, 아름드리 갈잎나무들에 가리어 더는 보이지 않았다.

버섯을 따지 못했기에, 돌아오는 길에는 불을 지필 만한 마른 나뭇가지들을 주우며 걸었다.

나도 이제 슬슬 겨우살이 준비를 하지 않으면 안 되겠다고 생각하면서.

가을은 불꽃들을 지천으로 풀어놓으며 초원을, 숲을, 초목을 달음질쳐 나아간다.

노랗게 물들어 나부끼는 갈잎나무 잎사귀들의 섬광은 새파란 하늘을 등지고 땅 위를 비추어, 그곳에 사는 온갖 것들에게 눈인사를 보낸다.

그리고 지금 들려오는 건 집시의 명랑스런 연주.
온 초원에, 온 언덕에 울려 퍼질 축제의 예고다.

나는 혼자서 오두막을 나선다.
낯모르는 그 누구와도 스스럼없이 손을 맞잡고, 아무 데서나 서로 얼싸안으며, 두 번 다시 만날 일 없는 이별을 기꺼이 받아들이는……, 그런데 그러한 집시가, ……

왜 이곳에?

집요히 아로새기는 비올라의 리듬이며, 강인한 현의
바이올린.
가만히 있을 수 없게 만드는, 미칠 듯이 반복되는 곡
조들.

더는 견디기 어려워진 나의 꼬리가 좌우로 크게 작게
리듬을 탄다.

카와카마스와 카와멘타이, 두 로마가 초원의 언덕을
오른다.

이 가을 비탈을 가득 메운 축제는 내 시계의 구석구석

* 로마……집시들이 자신을 지칭하는 단어.

까지, 내 시력이 미치는 곳, 내 시야의 끝 간 데까지 전하여지고, 퍼지고, 뒤덮어 버리고, 가만히 속살거리고, 친근히 이야기를 나누고, 큰 소리로 웃고, 손을 맞잡고, 그리고 또다시 속살거리고, 이야기하고, 같이 웃고, 같이 울고, 손에 손을 잡고, 그리고……, 그리고, 머잖아 헤어진다.

왜 이렇게 기쁘고, 또 슬픈지 나는 스스로에게 물었다.

'그것은 네가 너의 짧은 두 발로 여기에 서 있기 때문이야'라고, 내 안의 누군가가 대답했다.

네 발로 서 있으면, 다시금 다른 생각이 떠오를까.

'아니, 마찬가지야. 지금 이 언덕에 서 있는 이라면 누구라도 똑같아.'

'모두 함께라고. 너도 카와카마스도 카와멘타이도, 초원도, 나무도, 하늘도, 강도, 음악도, 로마도, 모두가 그저 자연일 뿐이야.'

'아아, 그런가!' 고, 나는 생각했다.

그리고 오늘도 빛의 파도가 일고, 밀어닥치고, 부서지는 비탈을 내려다보았다.

눈앞의 마른 풀들 위에서 두 집시가 자랑스레 연주를 하고 있었다.

"그런데, 왜 집시가 된 거지. 녹턴이며 안단테 칸타빌레는 그만둬 버렸나?"

혼잣소리처럼 중얼거리는 내 말을 들고서, 카와카마스가 어렵사리 연주를 멈췄다. 카와멘타이는 그린 밀 따위에는 아랑곳하지 않은 채 예의 비올라로 끼코, 끼코, 끼코, 리듬감 있게 연주를 계속했다. 이렇게 무아경에 빠져서, 연주에 몰두해 있는 카와멘타이를 보기는 처음이었다.

"……아, 얀! 그만둔 것은 결코 아니야. 저 새로운 계절의 징후 같은, 이를테면 봄의 징후 같은 첫 악장도 드디어 연주할 수가 있게 되었는걸. 다만, 그 후의 일이긴 한데, 우리 둘이 월광욕을 하면서 얕은 여울을 철벅철벅 걷고 있자니까, 강으로부터 그다지 멀지 않은 수풀 쪽에서 웬 소리가 들려오는 거야.

에에, 집시의 노랫소리와 바이올린, 브라초, 게다가 기

＊ 브라초……비올라의 일종.

타 소리까지.

우리는 그 곡조에 끌리어 강에서 물가로 나왔고, 무성한 풀들을 헤치고 들어간 수풀 속에서 집시들의 캠프를 발견한 거야, 한밤중에 말이야.

그래서 다음날부터 이런 풍으로 가게 되었지. 물론 나도 그 포로가 되고 말았지만, 카와멘타이 쪽은 이제 물고기가 변신이라도 하듯이, 그래, 물고기의 영혼일랑은 없애 버리고 집시의 영혼을 받아들인 것 같아.

그 뒤로 매일매일, 그저 이런 곡들만을 연주해 대고 있다니까."

그 말을 듣고 보니, 카와멘타이의 낯빛에 분명코 뭔가 다른 힘찬 생명력이 깃들어 있는 듯해 보였다.

하지만 차차로 연주를 마치고, 생글거리며 비올라를 아래로 내려뜨리고 서 있는 카와멘타이는 전과 다름없는 여느 때의 그 카와멘타이였다.

"응, 그래도 아주, 아주 좋았어." 내가 말했다.

"그렇지. 아침에 일어나면 연주부터 하고 싶어져서 가만히 있지를 못하겠다니까. 그러다가 낮잠에서 깨어나면 또 연주를 해. 그리고 땅거미가 내리기 시작하면 우리 둘이 강변에서 합주를 하는데, 그때가 가장 멋지지. 밤에는 별들로 가득한 하늘 아래, 저 높다란 제방의 풀숲에서 연주를 해. 집시와 같이 한밤중에. 그러다 지칠 대로 지쳐서 잠이 들고, 그런 뒤 아침잠에서 깨어나면 다시금 연주가 하고 싶어져서 좀이 쑤시고……."

카와카마스는 같은 말을 자꾸만 뱅뱅 돌리다가 세번째쯤에 이르러서야 겨우 그만두었다.

"아, 그래! 오늘은 밖에서 차를 마시면 어떨까? 이렇게 일껏 기분 좋은 가을날도 어쩌면 오늘로써 마지막이 될는지도 모르는데" 하고, 내가 제안했다.

물론 둘은 당장에 찬성했다.

모두들 의자를 가지고 나왔다. 창가에 책상 대신 놓아둔 내가 만든 테이블도 옮겨 놓았다.

북쪽 창에 드리워져 있던 천을 떼어서는 즉석 테이블

보로 썼다.

그리고 마지막으로 사모바르에 숯불을 넣어서 테이블 위에 두었다.

세 개의 잔과 구스베리 잼이 담긴 병도 올려놓았다.

뺨을 스치는 바람이 차가워서였을까, 잠들어 있던 마른 풀들이 몸을 일으켜 바람결대로 흔들리고 있었다.

둘은 어찌 된 일인지 제법 다소곳한 태도로 나란히 앉아서 한참 동안 말이 없었다.

눈을 감으니, 바람은 차가워도 빛은 사라지지 않은 걸 느낄 수가 있었다.

풀들끼리 비비대는 바사삭 소리며, 먼먼 수풀에서 한 마리 새가 찌찌…… 울어대는 소리도 어렴풋이 들려왔다.

사모바르에서 수증기가 피어오르자,

"끓었네" 한마디만 하였을 뿐 카와카마스는 다시 입을 다문 채 말이 없었다.

누구라도 이 자연의 공간과 시간을 소중히 여기지 않을 수 없으리라는 생각이 들었다.

그래, 이런 가을날은 정말 이것이 마지막일는지도 몰라……

저마다 잔에 차를 따라서 마시기 시작했다.

카와멘타이는 구스베리 잼을 접시에 덜어 즐거이 먹고 있었다.

단것을 좋아하는 어족이로구나 생각했다.

카와카마스는 잔을 감싼 채 고개를 돌려 자신이 올라왔던 쪽을 응시하고 있었다. 그리고 지평선 멀리 빛나는 강을 찾아내더니 생각에 잠기어 묵묵히 바라다보았다.

나는 빛 속에서 하얀 고양이가 되어 있었다.

이윽고 셋은 같은 테이블을 마주하고 둘러앉아서 각

자의 공상이며 감회에 잠겨 있었다.

우리들의 생각, 우리들의 견해가 아주 동떨어져 있다손 치더라도 지금 여기서 공유하는 시간과 눈앞에 펼쳐진 정경만은 의심할 여지없이 다만 한가지 것이었다.

때때로 바람이 불어치면, 마른 나뭇잎들이 일제히 흩날리다 한 잎 두 잎 테이블보에 춤추듯이 내려앉았다. 그러다 어떤 것은 다시금 춤춰 올라 어딘가로 날아가 버리기도 했다.

시간이 얼마나 흘러갔는지 분명히 알 순 없지만, 우리들은 이렇게 소중한 한때를 보냈다.

셋 모두 여간 흡족한 것이 아니어서, 달리 어떠한 말도 필요치 않았다.

둘이서 돌아갈 즈음에 이르러, 카와카마스가

"또 연주를 하면서 내려갈 테니까, 꼭 들어 주어야 해"
하고 다짐을 놓았다.

"응, 좋아." 내가 대답했다.

우리는 작별을 못내 아쉬워하면서 한참을 그렇게 초
원에 서 있었다.

급기야 나는 카와카마스와도, 그리고 카와멘타이와도
이별의 악수를 나누었다.

그 순간 카와멘타이가 아주아주 작은 목소리로,

"······아······안녕······, ······야······안······"이라 말하
는 것처럼 느껴졌다.

두 로마는 바이올린과 비올라를 한껏 울리면서 내려
갔다.

어느덧 언덕으로 불어치던 바람이 방향을 바꿔 기세
좋게 비탈을 달음질쳐 내려가 둘을 쫓았다.

춤춰 오르던 마른 나뭇잎들이 그 바람결에 그들 뒤로
가차없이 들이쳤다.

"이——봐!" 나는 오랜만에 크게 소리쳐 보았다.

"아주——, 즐, 거, 웠, 어——!"

둘은 저편 끝에서 바이올린과 비올라를 높이 쳐들어 보
였다.

그러더니 초원의 시들마른 풀들 사이로 자취 없이 사라
져 갔다.

이 날, 가을은 그 전부를 소진해 버렸다.

그 날은 아침부터 구름의 움직임이 몹시 격했다.

큰 새들의 무리가 남서쪽 방향으로 떠나가 버렸는가 하면, 골짜기의 숲에서 춤춰 오르던 마른 나뭇잎들이 기류를 타고서 초원에 난무하는가 싶더니, 급기야 언덕배기로 우수수 떨어져 내렸다.

양귀비의 씨 같은 작은 열매들이며 자잘한 나뭇잎들이 오두막 창에 몸을 부딪어 왔다.

구름들 틈새로 언뜻언뜻 내비치는 하늘은 두려움이 일 만큼 섬세하고도 투명해 보였다.
하지만 잇따라 몰려드는 구름들이 그러한 하늘빛의 눈부심을 매몰차게 메워 버리곤 하였다.

오후로 접어들면서 바람이 어지간히 잦아들었을 무렵, 문 아래 귀퉁이 쪽을 톡톡 두드리는 소리가 났다.

뭔가에 대한 생각을 떠올리려면서 문 앞에 서자, 아래쪽에서 또다시 톡톡 하는 소리가 났다.

문을 열자, 문득 생각난 듯이 불어치는 바람과 함께 자그마한 주머니를 들고서 다람쥐가 서 있었다.

그 바람에 상처투성이의 마른 잎들이 줄줄이 휩쓸려 들어와 마룻바닥에 어지러이 널브러졌다.

"잠깐만 실례를 끼쳐도 될까요?"

하고, 언젠가 물에 빠진 생쥐 꼴로 찾아왔던 다람쥐가 예의를 차려 물었다.

"응, 그래" 하며, 내가 안으로 들어오게 하자

"저, 이거, 요전에 비를 그어 갈 수 있도록 해준 감사의 표시예요"라고 말하며, 헝겊 주머니를 나에게 건넸다.

"아, 정말 고마워." 답인사를 하고서 주머니 속을 들여다보니, 조그만 도토리들이 잔뜩 담겨 있었다. 도토리들의 모자는 모두 정중히 벗겨져 있었다.

나는 페치카에 불을 지폈다.

"머지않아 겨울이 오겠죠."

불꽃들을 바라보면서 다람쥐가 말했다.

"그래, 그렇겠지."

나는 문득 숲 속의 들쥐를 떠올렸다.

"저, 넌 저장한 장소들일랑은 잘 스케치해 둔 거야?"

"네? 무슨 그림 말인가요?"

"아, 아냐, 아무것도 아냐……."

다람쥐는 잠깐 야릇한 표정을 지었지만, 이내 아무런 말 없이 내가 지피는 작은 나뭇가지들이 붉게 타오르는 모습만 가만히 바라다보고 있었다.

"페치카가 있으면 좋겠는데……." 다람쥐가 불쑥 말했다.

"그래, 너도 노력하면 웬만큼은 만들 수 있을 거야. 또 조금 작더라도 네가 겨울을 나기에는 너끈할 테니까."

"그렇긴 하지만, 내가 지내는 나무 구멍이 아주아주 조그맣거든요."

차를 마시며, 우리는 이같은 이야기들을 주고받고 있었다.

"초원에서 비에 젖어 홀로 서 있을 때는, 무슨 생각을 하나요?"

하고, 다람쥐가 내게 물어왔다.

"……저 건너 먼 데 숲이 안개로 뿌예져 가는 모습이나, 발 아래 돌들이 깨끗이 씻기는 걸 보고 있을 따름이지……."

"큰고양이님은 참 좋겠어요."

"왜?"

"……나도 이런 식의 번듯한 방에서 따뜻하게 지낼 수 있었으면 싶거든요……."

"그래, 그렇겠구나……. 다른 날이라도 어쩌다가 이 근처에 오게 되면 들러도 좋아."

"네, 고마워요, 그렇게 할게요."

이따금씩 마른 잎들이 지붕을 오르거나 미끄럼을 타다가 떨어지는 소리가 났다.

지평에 잇닿은 푸른 하늘이 갑작스레 불어치는 바람에 밀려가는가 싶더니, 황금빛으로 빛나는 가느다란 띠가 초원을 휩쌌다.

구름장 사이를 뚫고 비껴드는 석양빛이 창유리에 닿아 모든 것이 되비쳐 사라져 버렸다.

"오늘 밤에도 틀림없이 하고많은 별들이 스러질 테지요?"

다람쥐가 말했다.

얼마쯤 시간이 흐른 뒤, 예의 물에 빠진 생쥐 꼴 다람쥐는 만족스러운 듯한 표정을 짓고서 아무것도 들어 있지 않은 주머니를 달랑거리며 언덕을 걸어 내려갔다.

나는 테이블 위에 굴러다니는 도토리들을 보면서, 어떻게 하면 좋을지 몰라 그저 난감하기만 했다. 이것들로 무얼 만들어 먹어야 하는지 도무지 알 수가 없었기에.

그 후 바람 센 날들이 이어지고, 노크도 없이 마구 들이치는 외풍에 몇 날을 시달려야 했다.

그리고 바람이 겨우 잦아들자, 이번에는 찬비가 연일 오두막을 적셨다.

그런 날은 진일토록 도토리를 헤아리며 지냈다.

나는 타오르는 페치카의 불꽃들을 그윽이 바라보던 물에 빠진 생쥐 꼴 다람쥐의 눈동자를 떠올렸다.

모자가 벗겨진 도토리들은 데구루루 잘도 굴러다니다가는 차츰차츰 줄어들고 있었다. 남은 도토리를 헤아려 보니, 신기하게도 올해의 남은 날들과 꼭 맞아떨어졌다.

지나간 날들은 테이블에서 굴러 떨어져 어느 결엔가 모습을 감춰 버린 도토리들처럼 아무렇지도 않은 듯 나의 손아귀에서 놓여났다.

두 로마는 그때를 마지막으로 통 모습을 보이지 않았
다.

"이렇게 날씨가 나빠서 어쩌나……."

나는 혼잣소리로 중얼거렸다.

겨울은 지평선 멀리서 얼굴을 살며시 내밀어 가만히 이
쪽을 응시하고 있었다.

눈을 머금은 듯한 징후를 보이는 구름이 지평의 가장자리를 뒤덮고 있었다.

칙칙하고 침침한 짙은 청색의 구름이었다.

그리고 발자국 소리도 내지 않고, 어느 날 갑자기 겨울은 나의 오두막집 문 앞에서 홀연히 걸음을 멈추었다.

……똑……, ……똑……. ………….

나는 조금 이른 감이 있는 겨울의 내방에 잠시 얼떨떨해하다가 생각 끝에 문을 열었다.

"아니? 카와카마스! 왜 그럭하고 서 있는 거야. 자, 어서 들어와서 몸 좀 녹이지그래."

"……음……" 하고서, 카와카마스는 커다란 머리를

푹 수그린 채 초점 잃은 얼빠진 눈으로 들어섰다.

그리고 힘없이 뒤돌아서서 문을 닫으려 들자, 경첩이 끼이-끼이- 녹슨 소리를 냈다.

아, 오랫동안 경첩을 손보지 못하였구나 싶었다.

카와카마스의 등이 어쩐지 아주 지쳐 보였다. 상처 입은 비늘들 때문에 그렇게 보이는 것인지도 몰랐다.

"오늘은 너 혼자니? 바이올린은 가지고 오지 않은 거야?"

"……음……. 바이올린…? 아, 밖에다 그냥 버려두고 온 모양인데…….."

나는 다시 문을 열고 밖으로 나갔다.

바이올린과 활이 눈앞의 마른 풀들 위에 아무렇게나 내팽개쳐 있었다. 조심스레 부둥켜안고서 오두막으로 돌아왔다.

테이블 위에 올려놓기까지 카와카마스는 아무런 말도 하지 않았다.

페치카는 약한 불빛을 발하고 있었다. 카와카마스의 비늘이 희미하게나마 붉은빛을 띠었다.

나는 뜨거운 차를 내왔다.

어슴푸레 빛나는 붉은 물고기는 다만 차분한 태도로 앉아 있을 뿐 아무 말이 없었다.

나는 숲이며 초목이며 초원들에 불꽃을 지천으로 풀어놓고서 달음질쳐 나아가던 저 가을의 어느 하루를 떠올리고 있었다.

그런 날은 이제 다시 오지 않으리라는 생각도 일었다.

"차가 다 식어 버렸네."

"……으음……."

"따뜻하게 데워 올까?"

"……아, ……괜찮아…… 이대로……."

"바이올린 연주는 여전한 거지? 이번에는 어떤 곡이

야?"

카와카마스는 겨우 한 모금으로 목을 축였을 뿐 변함 없이 묵묵했다.

새로운 시라든가 철학에 골몰해 있기 때문일는지도 모르겠다고 나는 생각했다.

"······혁명이 일어날 수 있을까···?"

"어?"

"······저들의 세계에서, 인간들의 세계에서, ······혁명이 일어나려나···?"

"······글쎄···?"

"······혁명이 일어나게 된다면, ······이런 일 따윈 생기지도 않을 텐데······."

"이런 일이라니?"

"······강을 따라 계속해서 내려가다 보면, ······지루해질 즈음 강 언저리에, ······큰길을 따라서 꾸불꾸불 굽이진 곳이 있거든…….

 그 큰길을…… 한 집시가 브라초를 연주하면서 걷고 있었는데……. 그를 좇아서 얕은 여울을 헤엄쳐 나가다가, ……건져 올려지고 말았대…….”

“어? 뭐가 건져 올려졌다는 거지?”

“……떠도는 소문이긴 해. 저, 단순한 풍문에 지나지 않을 거야. 카마츠카의 말 따윈 당치도 않아! ……저보다 커다란 물고기인데, 그럴 리 없을 거야. 매양 무리를 이루어 다니면서, 서로들 터무니없는 거짓말만 보태고 있으니…….”

“그 집시가 뭔가를 건졌다는 거야?”

“……아니……카와멘타이가……, ……투망……어부…….”

* 카마츠카……키타노카마츠카의 일종. 잉어과의 소형 담수어.

나는 타오르는 불꽃들을 바라다보고 있었다. 모든 걸 기세 좋게 집어삼켜 버리는 붉은빛 불길들을.

그리고 작은 나뭇가지들을 부러뜨려 페치카에 집어넣었다.

그러자 나뭇가지들을 쌓아 놓은 무더기에서 도토리 하나가 얼굴을 내밀었다.

마치 잃어버린 하루가 되살아난 듯하였다.

그 도토리를 가만가만히 주워서 작은 손안에 꼭 움켜쥐었다.

눈을 들자, 사모바르의 수증기 너머로 카와멘타이의 생글거리는 낯빛이 희미하게 떠올랐다.

그러다 수증기가 스러져 가니, 페치카의 불빛으로 몸의 절반이 붉은빛을 띠던 카와카마스가 가슴지느러미로 턱을 괸 채 다만 그렇게 앉아 있는 모습만이 덩그렇게 남았다.

기나긴 시간이 지나도록 페치카는 간신히 그 불기운을 품고 있었다. 방은 온기가 가신 지 이미 오래였다.

"……혁명이 일어날까?"
카와카마스가 불쑥 말했다.
"……음……."

"혁명이 일어나면, ……인간들이 고기잡이를 하는 일도 없을 텐데……."
"……어? ……그래……."

"……이런 어리석은, 야만적인 행위일랑은……."

나는 아무런 생각도 할 수가 없었다. 아직 완전히 사그라지지 않은 가느다란 불길을 응시하면서, 그저 손안의 매끌매끌한 도토리만 만지작거리고 있을 따름이있다.
나의 슬픔이 스미어서였을까, 도토리는 더한층 딱딱한

씨껍질에 자신을 가두어 버렸다.

　나는 당장에라도 사월 듯한 페치카에 작은 나뭇가지
들을 집어넣어 불을 붙였다.
　타닥타닥, 타닥타닥, 소리를 내며 나뭇가지들이 타들
어 갔다.
　작은 삭정이거나 큼지막한 나뭇가지거나 가릴 것 없
이 불붙어 타올랐다.
　그 기세 좋게 타오르는 불길로 어둑어둑한 오두막의
바람벽에서 사모바르의 실루엣이 춤을 췄다.
　불길은 나에게 이야기할 것이다.
　저 가을빛 완연했던 하루는 불꽃들을 지천으로 풀어
놓고서 소멸해 버렸노라고.
　결코 돌이킬 수 없는 나날들은 노란 잎사귀들의 섬광
처럼 그렇게 지나가 버렸노라고.

　"카와카마스." 내가 소리를 내어 부르자,

"······으음······" 하고서 그가 응답해 왔다.

"············."

"············."

"따뜻한 차라도 마시지 않을래?"

"······으음······, 그래 고마워······."

우리 둘은 아무런 말도 아니하고, 그저 그렇게 차를 마시면서 긴 시간을 보내었다.

약한 바람이 간헐적으로 불어왔고, 어느 결엔가 그 바람에 섞이어서 나풋나풋 눈들이 춤을 추기 시작했다.

우리는 초원 마루에 남겨진 단 한 마리의 물고기며, 또한 고양이였다.

"……첫눈인지도 모르겠네……."

카와카마스가 창을 보면서 말했다.

"……아마도……."

내가 대답했다.

눈발이 아주 굵어지면 돌아가기가 한층 더 힘겨울 거라며, 카와카마스는 오두막을 나서려 했다.

나는 긴 머플러를 찾아내어 목에 두르고 가도록 권하였다.

카와카마스는 고마워하면서, 목이겠거니 싶은 머리께에 머플러를 친친 돌려 감았다.

아가미가 너무 죄어서 답답할 듯하였기에, 내가 다시금 느슨히 둘러 주었다.

문을 여는 순간 바람과 눈의 결정들이 어지러이 들이쳤다.

밖으로 나와 문을 닫자, 초원 저편에서 차가운 바람이 세차게 불어닥쳤다.

아래쪽 숲에서 치달려 온 눈들이 우리와 더불어 얼마쯤 날리다가, 머리 위 하늘께에서 홀연히 스러져 갔다.

"저, 카와카마스……." 내가 불러세우자,

"그래, 얀, ……다음엔 카와멘타이랑 꼭 함께 오도록 할게" 하고, 카와카마스가 결연히 말하였다.

"……그래, 꼭 기다리고 있을게." 나도 결연히 응수하였다.

악수를 나누고, 우리는 작별했다.

나는 말없이 카와카마스가 저편 흰 눈 속으로 이스라이 멀어질 때까지 전송하였다.

오두막으로 돌아와서도 한참을 아무런 생각 없이, 그냥 그렇게 앉아 있었다.

그리고 오랜 시간이 지나서야 바이올린과 활이 테이블 위에 그대로 놓여 있음을 알아차렸다.

문을 열고, 밖으로 나갔다.

바람은 잦아들고, 하얀 눈만 펑펑 쏟아져 내리고 있었다.

말없이 낙하하는 눈들은 금세 초원을 뒤덮고, 마른 풀들을 묻고, 길들을 없애고, 숲을 감추어 버리더니, 멀고 먼 저 큰 강까지도 지평과 어우러지게 만들어 버렸다.

나는 카와카마스의 바이올린을 붙안은 채, 아무도 없는 눈덮인 초원을 오래오래 바라다보고 서 있었다.

눈은 지상에 닿을 겨를조차 없이 몇 날을 초원 마루에서 어지러이 춤추었다.

엄청난 소용돌이를 일으키며 높다라니 치솟던 눈구름이 온 하늘을 뒤덮고, 지평선 끝머리에서 희미하게 내어뻗치는 빛의 줄기만이 어렵사리 비껴들고 있었다.

눈이 그쳤음에도 눈구름은 움직임을 보이지 않았다.

겨울의 황량하기 이를 데 없는 초원은 종일토록 잿빛에 잠겨 있었다.

이윽고 또다시 눈발이 흩날리고, 마른 풀들 사이에도 희끗희끗 잔설이 남았다. 녹은 눈들은 단단한 빙판으로 변하여, 나는 이곳저곳들에서 자꾸만 미끄러지고는 하였다.

예기치 않은 파란 하늘이 구름들 사이로 내비쳤다. 위선에 찬 가을날이었다.

조금이라도 날씨가 좋아지기만을 벼르던 차였기에, 나는 참으로 오랜만에 편백 숲을 향하여 내려갔다.

가지를 드리운 편백들 사이사이로 초겨울 빛이 스쳐 갔다.

눈들이 우묵하게 팬 땅들을 메웠고, 쓰러진 나무들의 날카로운 가지 끝이 뾰족이 튀어나와들 있었다.

늘 분주스럽던 저 들쥐의 모습은 어디에도 없었다.

맨 처음 숲이 끝날 즈음하여 자그마한 설원이 얼굴을 내밀었다.

그리고 그 맞은편에는 다시금 침엽수림이 짙은 납빛을 띠고서 웅크리고 있었다.

설원 한가운데에 막대기 모양 같은 것 두 개가 오도카니 서 있었다. 얕은 눈밭에 발자취를 남기며 다가가 보니, 그것은 다름 아닌 가지들이 꺾이어 나간 어린 자작나무들이었다.

부근 일대에는 아무도 없었다.

에워싼 숲들은 한결같이 고즈넉하기만 했고, 설원에 이는 약한 바람마저도 짙은 편백 숲으로 달아나 버렸다.

긴 옷자락을 끌면서 눈구름은 말없이 유유히 쓸리어
가고 있었다.

쓸고 지나간 자리마다 눈들이 하얗게 뒤덮였다.

초원도, 숲도, 초목들도, 그리고 저 멀리 큰 강까지도,
모두가 새하얀 눈들로 뒤덮여 갔다.

다람쥐도, 들쥐도, 물고기도, 고양이도, 모두들 그렇게
하얗고도 신선한 부드러운 눈 속에 있었다.

새로이 쌓인 눈들이 태양 빛을 반사해 방의 구석구석
을 밝게 비추었다.

카와카마스의 바이올린은 나의 보잘것없는 잡동사니
물건들 곁에서 먼지를 뒤집어쓴 채 긴 잠에 빠져 있었다.

빛은 거기에도 이르러 있었다.

가만가만 먼지를 떨어내고서, 바이올린을 집어 어깨에 갖다댔다.

주뼛거리다 활을 현에 대고 천천히 문질러 보았다.

끼- 소리가 났다. 그리고 또 한 번.

끼이-끼-끼-…….

아, 이것이 전위 음악인가 하는 생각이 들었다.

끼-끼-끼이-, 끼코끼코끼-.

그래, 소리에 의미가 담기면 안 돼. 소리는 재료일 뿐이야. 이를테면 수프의.

카와카마스는 그렇게 말했었다…….

그리고 오랫동안 나는 바이올린에 열중했다.

겨울 볕이 잘 드는 양지쪽에 자리한 오두막은 아무런 구애 없이 마냥 따사롭기만 했다.

바이올린에 흠뻑 빠져 있던 나는, 도토리가 매일없이 하나씩 하나씩 굴러 어디론가 달아나 버리는 것조차 알아차리지 못하였다.

그러나 카와카마스가 찾아왔던 마지막 날, 불을 지피다 땔나무 무더기에서 주운 도토리만은 창가에 가만히 앉아서 겨울 언덕을 응시하고 있었다.

햇볕이 내리쬐고 있는 눈 쌓인 언덕은 퍽이나 따뜻하였다.

나는 바이올린과 활을 쥐고서 언덕배기에 올라섰다.

현에 살며시 활을 갖다댔다.

나는 안단테 칸타빌레를 연습해 보았다.

라아–라라, 라아–라라, 라아–라라아라라, 라아라라, 라아-라, 라—…….

　라아-라라, 라아-라라, 라아라라-, 라아-라, 라-, 라-

라—…….

　소리가 하얀 비탈을 천천히 내려갔다. 꼭 보이는 듯하

였다.

　뭐지?

　소리의 뒷모습.

　내 안에서 누군가가 말을 걸어왔다.

　'그것은 저 둘의 뒷모습?'

　아냐, 달라! 오로지 소리, 바이올린의 울림일 뿐이야!

　나는 정색으로 대꾸를 하였다.

　이윽고 눈 쌓인 언덕에 다시금 정적이 감돌고, 나는 안

단테 칸타빌레를 연주하기 시작했다.

도토리들의 모습을 한 톨도 찾아볼 수 없게 되면서, 해가 말끔히 바뀌었다.

눈보라가 몰아치는 밤에는 날이 밝아 올 때까지 바이올린을 연주하며 지새웠다.

그런 날에는 저물녘에 잠을 자두었다가 한밤중이면 바이올린을 켰다.

줄기차게 흩날리던 눈발이 그치고 테이블의 사모바르가 햇살을 받아 눈부시게 빛나는 아침, 바이올린과 더불어 오두막 문을 열었다.

꽁꽁 얼어붙은 눈밭을 걸어 나갔다.

자작나무 가지가지에 수정꽃들이 피어 있었다.

그 세 그루의 자작나무 아래에서, 나는 녹턴을 연주했다.

꿈결 같았다. 음악도, 짙푸른 하늘이며 끝없이 이어지는 새하얀 지평까지도.

평온하게 되풀이되는 녹턴의 선율이 눈 쌓인 언덕을 넘어서 저 머나먼 설원에 다다를 수 있을까.

아니면, 고운 수피의 나무들이 우거진 숲을 빠져나가 편백 숲을 헤매어 다니려나.

빛나는 겨울 아침의 녹턴은 이제 더 이상 야상곡이 아니었다.

혹한의 계절, 문득문득 이제 더는 봄이 오지 않을 것 같은 예감이 차오르고는 하였다.

모든 것이 얼어붙어 있었다. 오두막의 문도, 창도, 페치카까지도⋯⋯.

멀리 바라보이는 언덕들 또한 두꺼운 얼음장으로 뒤덮여 있는 듯했다.

그리고 그 얼음장 아래, 이곳에서 살아가는 우리들 모두가 금방이라도 얼어붙어 버릴 것만 같은 꿈들을 안고서 잠들어 있다.

정오가 가까워 올 무렵 쌓인 눈들을 휘몰아쳐 날리던 눈보라가 그치자, 하늘이 트이기라도 한 듯 한껏 푸르렀다. 새로이 내린 눈들이 얼어붙은 언덕은 푸른빛을 띤 얼음처럼 유난히도 맑겠다.

감자 수프를 먹으려고 할 즈음 톡톡, 하고서 작지만 언 공기를 가르는 듯한 소리가 울려왔다.

얼어붙은 문을 삐걱대며 어렵사리 열었더니, 얼음 다람쥐가 서 있었다.

아니, 쓰고 있는 털모자만이 꽁꽁 얼어 있었다.

"안녕하세요, 큰고양이님?"

하며, 다람쥐가 모자를 벗어 들었다.

"그렇게 서 있지만 말고, 어서 들어와 몸부터 녹이려무나."

"그럼 잠시 실례를 끼쳐도 될까요?"

얼음 다람쥐는 언제나처럼 예의를 차려 물었다.

"그야 물론이지. 그러니까 어서 들어오기나 하렴."

다람쥐는 안으로 들어와 꽁꽁 언 작은 모자를 테이블에 내려놓았다.

"식사중에 죄송합니다."

수프가 담긴 접시를 보면서, 미안하게 됐다는 듯이 다람쥐가 말했다.

"아, 같이 먹으면 좋겠다. 고작 감자 수프일 뿐이지만."

"예, 고맙습니다."

다람쥐의 얼굴에 기쁜 빛이 가득했다.

그리고 우리 둘은 아무런 말 없이 조용조용히 수프를 먹었다.

다람쥐는 아주 뜨거운 것은 딱 질색이라는 듯 간간이 그 작은 입을 동글게 오므려 후후거리기도 했다.

한입씩 삼킬 때마다 다람쥐의 언 몸이 조금씩 풀리는 것 같았다.

그렇게 우리는 훈훈히 녹아내렸고, 오두막도 차츰 훈훈한 기운이 돌았다.

얼마쯤 시간이 흐른 뒤에는 차를 마셨다.

다람쥐는 여전히 후후거리면서도 뜨거운 차를 마셨다. 그리고 가느다랗게 타오르는 페치카의 불길을 그윽한 눈길로 바라다보았다.

"페치카는 정말 멋져요."

다람쥐가 불쑥 말했다.

"저, 너는 추위에 강하지?"

내가 물었다.

"아아뇨, 그저 익숙해져 있을 뿐이랍니다."

언 몸이 죄다 풀린 다람쥐가 대답하였다.

다람쥐는 변함없이 그렇게 띄엄띄엄 말을 이어 나갔고, 그러다 어느 순간 뚝 끊어질라치면 기분 좋은 고요가 흘렀다.

창가에 홀로 남은 도토리가 우리를 바라보고 있었다.

"큰고양이님은 바이올린도 연주하나 봐요?"

방 한구석에 기대어 세워 놓은 바이올린을 보았는지, 다람쥐가 물었다.

"응, 조금."

"어떤 곡을 연주하지요?"

"음, 안단테 칸타빌레나 녹턴 같은, 그렇지만…… 아주 조금이야."

"나도 연주해 보고 싶어요."

"그래, 그렇다면 너도 한 번 켜 보려무나."

"저어, 그런데 너무나 커서……."

바이올린은 확실히 다람쥐보다 조금 더 커 보였다.

"콘트라베이스 같아 보이겠는걸요."

하고서, 다람쥐는 혼잣말처럼 중얼거렸다.

날씨가 좋을 때 언덕을 내려가야 한다며, 다람쥐는 모자를 깊숙이 뒤집어쓴 채 돌아갔다.

창가의 도토리는 흐린 창유리 너머로 모습조차 보이지 않는 다람쥐를 배웅하고 있었다.

나는 오두막 문을 닫고, 이런 계절에 얼음 다람쥐는 무슨 중요한 볼일이 있어 예까지 왔을까를 곰곰이 생각해 보았다.

그 해가 어떠하든 봄은 기필코 오고야 만다.

우리들은 웅장한 사계의 순환 속에서, 그날그날의 실험을 시도해 보는 한 작은 영혼에 지나지 않았다.

2월, 봄을 예감하면서 나는 편백 숲으로 내려갔다. 봄날을 꿈꾸며 창가에 오롯이 잠들어 있는 도토리를 손에 꼭 쥐고서.

하늘은 잔뜩 찌푸려 있었으나, 다행히 눈이라도 내릴 낌새를 보이지는 않았다.

토끼며 사슴, 게다가 무슨 발자국인지 알 수 없는 무리의 흔적들을 더듬어 숲을 헤쳐 나갔다.

숲은 어제 내린 눈 속에 몸을 묻고 있었다.

발자국들도 점점 희미해져 가는가 싶더니, 드디어 그

자취마저 끊겨 보이지 않았다. 어떻게 나아가야 할지 난감하기 이를 데 없어 주위를 빙 둘러보았다. 깊다랗게 쌓인 눈 위에 아주 조그마한, 폭폭 빠지지 않은 발자국들이 나 있었다.

살금살금 그 발자취를 따라갔다.

앞으로는 일정한 걸음새의 작은 발자국이 끝없이 이어져 있고, 뒤로는 아주아주 새로운 큰고양이의 발자국이 잇달아 생겨나고 있었다.

그러한 사이, 마치 구덩이가 파인 듯 편백 숲 속에 작은 빈 터가 나타났다.

그 한가운데께에 쓰러져 누운 몇 그루 나무와 큼지막한 돌덩이가 머리를 내밀고 있었다.

나는 예서 더 나아가야 할는지 결단을 내리지 못하고 망설였다. 발자국은 쓰러져 누운 나무들 사이에서 끊겨 있었다.

바로 다음 순간, 그 쓰러져 누운 나무와 나무 틈새에서 이전에 본 적이 있는 들쥐가 얼굴을 쏙 내밀었다.

서로의 시선이 마주쳤다.

"저 말이지, 지금은 겨를이 없어서……."

들쥐가 말했다. 아, 그랬었지 하는 기억이 떠올랐다.

그렇지만 여태까지 해야 할 무슨 일이 남았기에 이러한 때 이곳에 있는 것일까.

또다시 시선이 마주쳤다.

"저 말이지, 잊어버리고 말았지 뭐야."

"……혹시 나무 열매라든가, 그딴 거…?"

"그래. 저 말이지, 그래서 지금은 겨를이 없거든."

하고, 들쥐는 정말로 분주를 떨면서 조금 초조하게 굴더니 쓰러져 누운 나무들 사이로 잽싸게 기어들어 버렸다.

아, 그래서 겨를이 없는 거로구나고 나는 이해했다. 그리고 동시에 새로운 수수께끼를 떠안게 되었다.

그토록 열심히 그리던, 숨겨둔 장소들에 대한 스케치는 어떻게 된 걸까?

스케치해 둔 작은 종잇조각을 잃어버리기라도 한 걸까?

나는 들쥐가 숨어든 쓰러져 누운 나무들의 틈새를 살피고 있었다.

들쥐는 그 모습을 더는 드러내지 않았다.

그것은 봄의 징후였다.

나는 그곳이 퍽이나 마음에 들었다.

하늘이 둥그렇게 내다보이고, 쓰러져 누운 나무들의 배치 또한 좋았다.

발 아래의 눈을 파헤치자 부엽토가 검은 빛깔의 얼굴을 내밀었다.

나는 손에 쥐고 있던 도토리를 묻었다.

그것은 봄의 희망이었다.

이제 슬슬 3월도 막바지에 접어들고 있었다.

봄은 지평 저쪽에서 번민에 싸여 머뭇거리다가, 하소연을 늘어놓으면서 저 큰 강의 언저리를 적시고 있었다.

나의 언덕은 편안한 겨울잠에서 여태껏 깨어나지 않았다.

2월에 보였던 작고 소소한 봄의 징후들도 다시금 숲속 깊숙이 숨어 버렸다.

그런 모호한 계절의 틈바구니에서, 나는 오랜만에 바이올린을 들었다.

그리고 가만가만히 연주하기 시작했다.

카와카마스가 말한——몽환적이며, 새로운 계절의 시작을 암시하는 듯한——곡을.

나의 손끝에서 계절이 살랑거리며 떠 있다가 방을 그득히 채우고, 잔설이 뒤덮인 언덕을 내달려 벌거벗은 자작나무 숲을 빠져나가서는 편백 숲으로 흘러들었다.

한참을 연주하다 나는 활을 내려놓았다.

웬 이상야릇한 소리가 아주 작고 희미하게 귓전을 울렸기 때문이다.

저것은 뭘까?

소리는 한걸음 한걸음 비탈을 오르듯이 느릿느릿 이쪽을 향해 다가오고 있었다.

어쩌면 휘파람 소리가 아닐까?

아아, 왠지 그리움이 사무치는 곡조야.

그런데 그 이름이, ……아무리 생각해 보아도 떠오르지가 않아.

나는 덜컹거리는 창을 가까스로 밀어젖혔다.

살짝 습기를 머금은, 몹시 차가운 대기가 확 끼쳐 들어왔다.

흙냄새가 느껴졌다.

그리고, 그리고, ……강의 내음도.

* 곡조……아마 〈만저우리의 언덕에 서서〉와 같은 곡조이리라.

나는 비탈진 하얀 언덕께를 응시했다.

한 마리 물고기가 휘파람을 불면서 울퉁불퉁 정다운 비탈을 타고 넘어오는 모습이 눈에 들어왔다.

이따금씩 꼬리지느러미가 넘어질 듯 밀리어 나가기도 했다. 그러나 눈밭을 구르지도, 휘파람을 멈추지도 않았다.

나는 오두막 밖으로 나와 섰다.

"어~이, 카와카마스——" 하고 소리쳐 불러 보았다.

그는 고개를 끄덕이듯이 머리를 위아래로 주억이면서도 휘파람을 그치지는 않았다.

"아, 얀! 오랜만이야. 올해는 강이 두껍게 얼어붙어서 좀처럼 풀리지가 않던걸. 그 바람에 이렇게 늦고 말았지 뭐야."

카와카마스는 분명코 지난해에도 똑같은 말을 했었다.

"그러니까 오래오래 잤다는 거네. 강변의 그 오막살이에서?"

"아냐, 저, 정말로 물속에 있었어. 그 오막살이는 다시 손보아 고쳤더니, 도리어 추위를 막아내지 못하던걸. 그보다야 물속에 있는 편이 훨씬 따뜻해서 좋았다니까."

카와카마스는 어찌 된 일인지 머리를 긁적이며 변명을 늘어놓았다.

나는 모처럼 즐겁고 기쁘게 웃을 수가 있었다.

우리 둘은 오두막으로 들어갔다. 순간 나는 지루하게 질질 끌어오던 겨울이 싹 가시는 것을 느꼈다. 오두막 안에서도 흙냄새가 났다.

그리고 카와카마스가 묻혀 온 미미한 봄 강의 내음도.

오두막은 새로운 계절과 호흡을 같이할 준비를 시작했다.

사모바르는 마음껏 증기를 뿜어냈다.

오직 바이올린만이 방 한구석에 몸을 웅크리고 있었다.

마치 자기의 소임을 다하였다는 듯 어깨가 축 처져서.

이윽고 카와카마스는 겨우내 얼음장 아래에서 생각했다는 혁명 후의 이상 세계에 대해 말하였다.

나는 그 이야기를 들으면서 바이올린을 생각하고 있었다.

'네 주인이 찾아왔어. 아마 함께 돌아갈 수 있을 거야.'

카와카마스는 자신의 이야기에 한참 열을 올리고 나서야 겨우 한숨을 돌렸다.

잠시간 우리는 아무 말도 하지 않았다.

카와카마스는 바이올린 쪽을 한 번 흘끗하더니, 그것을 애써 외면하려는 듯 다음 이야기를 시작할 낌새를 보였다.

"저어, 카와카마스. ……그러니까 저어, 바이올린 말인데……."

하고, 나는 마음속으로 굳게 정한 말을 꺼냈다.

"……어? 음. ……혁명이 일어나게 되면, ……저런 일은······혁명 전에, 그러니까 당장에 필요한 것은 완전히 새로운 음악이나 시나 철학인 거야. 아냐, 그 패들의 혁명이라고 해서 우리와 상관없는 것도 아니니까. 그것은 이를테면······."

카와카마스의 이야기는 그칠 줄을 몰랐다.

나는 바이올린 이야기를 더는 꺼내지 못하였다. 아니, 정작은 말하고 싶지 않았던 것인지도 모르겠다.

끝없이 이어지던 수다가 어렵사리 그치고, 어느덧 카와카마스의 입이 무거워져 갔다.

둘만의 고요한 시간이 흘렀다.

그것은 아주아주 평온한 흐름이었다.

문득 그 날 같다는 생각이 차올랐다.

감상이 우리를 지배하기 전에, 나는 차를 따랐다.

"조금 더 따뜻해져 정말로 봄이 찾아오면, 그때는 밖에서 차를 마셔 볼까?"

카와카마스는 여느 때와 달리 말없이 고개만 끄덕여
보였다.

우리는 차를 마시면서 창밖을 내다보았다.

"길을 나설 때, 강 언저리에 가랑비가 내리고 있던걸.
그래, 이제는 눈이 아니라 비가 내리는 거야."

카와카마스가 지평 부근에 낮게 걸려 있는 잿빛 구름
들을 바라보며 말했다.

약간 밝은 빛을 띤 갖가지 모양의 구름들이 그곳에서
잇달아 생겨나고 있었다. 우리는 지루한 줄 모르고 마냥
바라다보고 있었다.

시간이 꽤 흘렀을 무렵

"점점 엷은 구름이 피어오르네" 하고, 카와카마스가 말
하였다. "봄이 오고 있나 봐."

"그래, 그런가 봐."

엷은 구름이 편백 숲 위에 다다르고 있었다.

"봐, 점점 다가오고 있잖아."

"그래, 그러네."

바람이 일기라도 하듯이 창유리가 가볍게 덜컹거렸다.

비가 내리면 더더욱 미끄러워질 거라면서, 카와카마스
는 일찌감치 돌아갈 채비를 서둘렀다.

가느다란 빗발이 바람에 흩날려 유리에 방울방울 맺
혔다.

문을 열어 주려고 하였을 때, 카와카마스가 구석에 세
워져 있는 바이올린을 흘끗 쳐다보았다.

그리고 뒤돌아서더니

"아차, 얀! 괜찮다면 홍차를 아주 조금만 얻어 갈 수
있을까? 요전에 깡그리 바닥내 버렸지 뭐야"라고 말하
였다.

"응, 그래!" 하고, 나는 대답했다.

이윽고 홍차가 담긴 작다란 꾸러미를 안고서, 카와카

마스는 올 때처럼 휘파람을 불며 눈 녹은 비탈길을 내려가기 시작했다.

나는 카와카마스가 돌아가는 모습을 오래도록 바라보고 있었다. 이따금 바람에 흩날리는 빗방울들이 내 귀며 눈꺼풀에 몸을 부딪어 왔다.

카와카마스가 산허리의 작은 장애물에 가리어져서 돌연히 보이지 않게 되었을 때, 나는 재빨리 오두막으로 되돌아가 바이올린을 가지고 나왔다.

그리고,

"저-, ……카와카마스──" 하고 소리쳐 불렀다.

카와카마스가 다시금 모습을 드러냈을 때에는, 이미 소리가 미치지 못하는 곳까지 다다라 있었다. 광대히 펼쳐진 초원에서의 그는, 내 발 아래 굴러다니는 작은 돌멩이보다도 작아 보였다.

어느 결엔가 초원에도 엷은 구름이 끼어 있었다. 그것
은 마치 안개처럼 먼 강이며 숲이며 초목들을 감추어 버
렸다.

잔설이 군데군데 남아 있는 비탈의 어디에서도 카와 카마스의 자취를 찾을 길은 없었다.

아니, 잔설들마저도 가랑비에 차츰차츰 젖어들더니 바로 눈앞에서 검은흙으로 변모해 버렸다.

눈여겨보았더니, 거기엔 오래도록 참을성 있게 견디어 온 연둣빛의 작은 풀싹들이 벌써부터 돋아나 여기저기서 얼굴을 내밀고 있었다.

초원에는 여린 빛의 우수가 감돌았다.

나는 살며시 바이올린을 켤 자세를 취하였다.

온 하늘이 구름으로 뒤덮여 사위가 어두워졌건만 나는 흔들림 없이 바이올린을 켤 듯한 자세를 취한 채로 내내 아무 곡도 연주하지 않고 서 있었다.

현에 활을 갖다대고서도 한 음도 내지 않은 채 그렇게 오래도록 서 있기만 하였다.

모든 생명들에게 희망찬 봄이 열리고 있었다.

하지만 어쩐지 서러운 봄이었다.

에필로그

그로부터 두 해가 지나갔다. 봄은 어김없이 찾아왔고, 또 그렇게 물러갔다.

카와카마스와는 소식마저 끊겨 버렸다.

그리고 세번째 봄이 찾아왔다.

나는 물에 빠진 생쥐 꼴을 하고서 찾아왔던 예의 그 다람쥐에게 이끌려, 얼음이 풀리고 있을 큰 강을 보러 나갔다.

다람쥐는 내가 알지 못하는 곳으로 아주 바지런히 걸

어갔다. 그는 이 여행을 위해 나의 오두막을 여러 차례 찾아왔건마는 워낙 말수가 적은 다람쥐여서, 그 이야기의 끝을 맺기까지 무려 두 달이나 걸렸다.

"지난해에도 보았는걸요. 저 커다란 강의 얼음이 녹아 풀리는 광경을. ……지지난해에도."

온 강을 뒤덮고 있는 얼음에 어느 날 갑자기 균열이 생기고, 내처 강물이 소리내어 흐르기 시작하는 장대한 광경을 다람쥐는 더듬더듬 말하여 주었다.

"그래서 꼭 한번 보여 드리고 싶었답니다."

다람쥐는 거듭하여 말했다.

"그래, 가보자꾸나."

나도 덩달아 맞장구쳤다.

그리하여 물이 불어난 이른 봄 강을, 조금 멀찍이 떨어진 높다란 언덕에서 바라다볼 수가 있게 되었다.

"때늦게 왔나 봐요."

다람쥐가 불쑥 중얼거렸다.

정말이지 얼음장들은 이미 산산조각으로 부서져 버렸고, 그 거대한 잔해들만이 엄청나게 빠른 속도로 떠내려가고 있었다.

얼음덩이들이 섞인 큰물로 강 언저리가 잠겼고, 제방까지 흘러넘쳐 초목을 적셨다.

카와카마스의 오막살이는 어디쯤 있었더라 싶은 생각이 나도 모르게 들었다.

"아무래도 때를 놓쳤나 봐요."

다람쥐는 못내 아쉬운 듯 다시 한 번 말하였다.

"그래, 그렇더라도 굉장한걸!"

내가 응수했다.

우리는 흘러가는 강물을 오래오래 응시하고 있었다.

강물 위를 떠가던 나무가 물결치는 대로 물 위에 떠올랐다 물속에 잠겼다 했다. 커다란 통나무도 떠내려왔다 떠내려갔다. 그리고 크고작은 갖가지 모양새를 한 얼음덩이들도 그렇게 흘러왔다 흘러갔다.

줄줄이 흘러와서는 순식간에 사라져 갔다.

"모두들 흘러가 버렸어요."

다람쥐가 말하였다.

"그렇긴 해도 그것이 외려 더 기분 좋은걸."

내가 말했다.

"……음…예……."

다람쥐는 모호하게 얼버무렸다.

그때 찰랑이는 강물 소리에 왠지 그립고 마음 설레게
하는 음향이 섞이고 있었다.

"저기, 무슨 소리 들려오지 않았어?"

나는 다람쥐에게 물었다.

"아아뇨, 전혀……. 강물 소리뿐……."

다람쥐는 미안쩍은 어조로 대답했다.

나는 보았다. 커다란 얼음장 위에서 두 마리의 물고기가 바이올린과 비올라를 연주하고 있는 것을.

다만 얼음들끼리 부딪쳐 울리는 소리와, 물결이 강물 위를 떠가는 나무에 부딪쳐 일으키는 물보라 저편으로 재빨리 그 자취를 감추고 말았을 따름이다.

"저기! 보았지? 두 마리 물고기가 얼음장 위에서 연주하고 있는 거?"

뭔가를 생각하느라고 고개를 꼬고서 망설이기만 하던 다람쥐는,

"네? 아아뇨. ……하지만, 그것은……, 얼음장 위로 밀려 올라간 나무토막이거나, ……나무 말뚝 같은 거 아니었을까요"라고 말하였다.

나는 묵묵히 다시 한 번 강을 바라다보았다.

"……이 일대에는 오케스트라도, 변변한 악대조차도 없답니다. ……다만 집시가 어쩌다가, ……나타나는 정도

일 뿐……."

다람쥐는 다른 뭔가를 생각하면서 이야기하는 것 같았다.

'그래! 그 둘은 집시인 거야.'

순간 나는 마음속으로 생각했다.

그리고 처음으로 깨달았다.

'그 둘은 정말로 로마가 되어서, 여기저기를 정처 없이 떠돌아다니고 있는 것인지도 몰라.'

언제까지나 끝나지 않을 맺는말

《이스탄불의 점치는 토끼》에서 도회풍에 조금 지친 나는, 다시금 언제나의 초원으로 돌아오기로 하였다. 그리고 상상력이 고갈해 버린 1998년 12월, 이 단순하기 그지없는 이야기의 줄거리를 꾸려 나갔다.

맨 먼저 떠오른 것은 마지막 장면이었다. 얀이 바이올린을 켤 듯한 자세를 취한 채로 내내 서 있는 언덕 위. 아무 곡도 연주하지 않고, 그저 현에 활을 갖다대고서 오래도록 서 있기만 하는 모습.

수년 전, 타바코프가 이끄는 러시아의 작은 극단이 공연을 온 적이 있다. 모두 세 차례의 공연을 마치고 돌아들 갔다. 대만원을 이루었다고 하기는 어렵지만, 그래도 멋진 작품이었다.

그 가운데 한 대목에, 가난한 유태인 부자의 이야기가 있었다(알렉산드르 갈리치 작, 《우리의 대지》). 아버지는 고생스레 아들에게 바이올린을 가르친다. 아들은 그런 아버지의 기대를 저버리지 않고 콩쿠르에서 입상한다. 그러나 전쟁은 아버지와 아들을 과거의 상태로 되돌려 놓고 만다. 연극은 그러했다.──이 아버지 역의 젊은 배우(블라디미르 마시코프)는 최고였다! 지금노 선명하게 떠오른다. 나는 연극이든 콘서트이든 그 장소에서 모두와 공유하는 공간이며 시간을 좋아하지 않는다. 언제나 홀로 떨어져 몸을 비스듬히 하고서, 보는 듯 안 보는 듯하고 있기를 좋아한다. 그렇지만 그의 연기는 결코 잊을 수가 없다!──그리고 그 아들이 바이올린을 켜는 장면이 있었다. 이러한 경우 켜는 시늉만 낸다거나, 다소간이라도 켤 수 있도록 연습을 해두거나, 누군가 연주할 수 있는 대역을 쓰거나 하는 여러 가지 방법이 있을 수 있겠지만, 이때에는 바이올린을 켜는 자세를 취하고서 가만히 서 있으면 오케스트라 연주의 헝가리 무곡──요아힘 편곡의 독주가 아니라 오케스트라의!──이 흘러나왔다. 나는 그러한 설정이 마음에 들었다. 연출가는 틀림없이 이 곡을 좋아했을 것이다. 콩쿠르의 곡 역시 브람스의 콘체르토였으니 말이다.

더불어 무엇과도 견줄 수 없는 생각을 우리들에게 불러일으킨다. 어떤 형태로? 그것은 저마다 다를 터이다.

한편, 얀은 카와카마스의 이같은 고뇌에 대체로 무관심해 보인다. 그러한 시대에 결코 무관하지 않으면서도 말이다. 하지만 역사의 흐름에서 얀은 언제나 철저한 에고이스트로서, 자신이 지향하는 단 하나에 뜻을 두고 살아간다. 그것은 무엇일까? 나도 아직 잘 모르겠다. 다만 '철학이며 사상·이데올로기·종교 따위에 구애되지 않고, (여기에) 사는 것과 (저기에) 사는 것, 살아 있는 것과 살아 있지 않은 것과의 관계를, 그때그때의 상황에 따라서 가능한 가장 아름다운 형상으로 보려는 것인가'고 짐작해 볼 뿐이다.

그리고 '당신은 이 작품에서 무엇을 말하려 했나요?' 라는 물음을 받은 적이 있다. 그럴라치면 으레 '그런 진부한 질문에 답할 마음일랑은 없습니다' 하고 대답하리라 했었다. 뭔가 사회적인 테마나 인간 내면의 문제 등 갖가지 테마를 정하여 두고서 글을 쓰는 이도 있을 것이다. 그렇지만 나에게 있어서 작품은 그저 그 자체만의 세계일 뿐이다. 이야기가 시작되고, 얼마쯤 꾸려 나가다 보면 등장 동

물들 스스로가 자신들의 의지로 움직이고, 생각하고, 말하고, 떠나간다. 내가 비집고 들어설 여지란 거의 없다. 그리하여 이야기는 자연적으로 전개되다가 결말을 맞는다. 아니, 결말도 없다. 어느 이야기나 다 진행중이다. 그들 세계의 일부를 오려내었을 뿐이므로.

그러나 지금, 나의 기분이 조금 좋으므로 생각나는 것들을 잠깐 기록해 볼 참이다.

이번 작품의 중요한 요소 가운데 하나는 '과묵'이다.

이는 침묵과 다르다. 이를테면 카와멘타이는 가장 과묵했다. 언제나 겨를이 없던 들쥐도, 물에 빠진 생쥐 꼴 다람쥐도, 얀도 듣는 입장이었다. 오로지 카와카마스만이 언제나처럼 곧잘 수다를 늘어놓고는 하였는데, 후반 무렵부터는 대체로 과묵하였던 것으로 여겨진다.

과묵하기에 숲의 고요를 알고, 초원에 이는 바람 소리며 나뭇잎들이 부대끼는 소리를 들을 수가 있는 것이다. 그리고 그들의 음악이 고즈넉이, 아름답게, 가만가만히 울려 퍼지고 있다.

그와는 반대로 우리 인간 사회의 떠들썩함은 어떠한가.

그것은 여하튼 소리만이 아니다. 정보며 회화며 활자도 매한가지.

독자는 이 작품 속에서, 하다못해 상상력의 세계에서나마 초원에 가로누워 묵묵히 풀들 사이에 잠겨 있었으면 좋을 성싶다. 과묵하다는 것은 진정한 대화를 나눌 수 있다는 것일 터이니.

더하여 반드시 등장하는 에필로그. 나는 에필로그를 좋아해서 대개 글을 쓰는 도중에 문득 생각이 나기도 하는데, 그것을 마지막에 써야 하기에 오로지 이야기만을 꾸려나간다. 러시아의 옛 소설들에서는 단 몇 행에 지나지 않거나, 한 쪽 분량 남짓의 간단한 에필로그로 장황한 로망 전체에 바람직하지 못한 영향을 준 적이 있다. 가령 말하자면 '총명하고 아름다워 모두로부터 선망의 대상이 되었던 아가씨가, 종국에 가서는 변변찮은 남자와 결혼을 하고, 아기를 낳고, 죽었다'는 형식으로.

우리는 인생의 매 순간마다 온갖 생각들을 품고서 살아가고 있다. 절반은 넌더리를 내면서, 하찮은 세상살이에 매여 소소한 로맨스 하나 없이 무료한 만족감 속에서 어느 날

문득 죽음 앞에 서고 만다. 인간의 소설에서 에필로그란 이런 것이다. 하지만 동물들의 에필로그는 조금 다르다.

나는 에필로그 속에서 환시를 추구해 왔다. 그것은 때로 착시나 환상이었는지도 모른다.

환시는 유일한 희망이다. 그것은 결코 초현실적인, 그리고 그로테스크한 환상이 아니다.

얀의 세계에서 보이는 환영은, 어쩌면 우리 인간들이 실험한, 그리고 지금도 꿈꾸고 있는 혁명에 결여된 중요한 요소가 아닐 수 없다. 그것이 문학에 남겨진 유일한 역할일 터이다.

그렇더라도 문학이라고? 이 시대에 새삼스레 문학이 가능한가? 문장으로 일종의 기분이며 분위기를 형상화하는 것은 이미 시대에 뒤떨어지는 것이다. 만약 영상과 소리로써 표현 가능하다면, 지금 당장에라도 연필일랑은 내던져 버리고서 영화로 찍고 싶다. 하지만……, 누가 얀을 연기할 것인가? 카와카마스는?

그러한 까닭에 지금은 책의 형태로 담겨져 있다. 이것은 이것대로 족하지만, 단 한 가지 문제가 있다. 소리와 음악이다.

나의 작품에는 아무래도 음악이 필요하다.

《얀과 콩새 이야기》에서는 드보르자크의 〈슬픈 성모〉
가, 《이스탄불의 점치는 토끼》에서는 〈교향곡〉이었다. 그
리고 집시의 음악도. 어느것이나 비교적 친숙한 곡이 아니
었다고 해야 할까, 접근하기 어려운 점이 많았다.

그에 대한 반성으로 《카와카마스의 바이올린》에서는,
일반적으로 잘 알려진 차이코프스키와 보로딘의 현악 사
중주곡에서 빌려다 쓰기로 하였다. 널리 알려진 이름난 악
곡이라고 해서 얕보면 안 된다. 특히 보로딘의 첫 악장 서
주부는 무어라 형언하기 어려울 만큼 아주 멋지다. 그리고
나의 작품에서 중요한 부분을 점하는 집시 음악. 유감스럽
게도 이것은 구하기가 여간 어렵지 않다. 흔히 접할 수 있
는 헝가리의 집시 음악이 아니다. 어디까지나 러시아의 집
시이지 않으면……

마지막으로, 책의 맨 앞 페이지에 내걸린 블로크의 시는
이 에필로그를 대변하고 있다. 그리고 여느 때와 다름없이
나는 이 시의 정말로 블로크적인 중요한 부분을 삭제해 버
렸다.

《초원의 축제》에서는 파스테르나크의 시의 한 연만을 뽑아냈고, 《얀과 카와카마스》에서는 브로드스키를 단순한 재미를 위해 이용하였다. 나에게는 어떤 중요한 것이라도 콜라주의 재료가 된다. 저 아름다운 시 한 쪽을 불살라 아무것도 보이지 않는 나 자신의 등불로 삼아 버리는 것이다.

어쩌면 나는 러시아 문학의 많은 선생님들의 보쌈에 잡혀가 네바 강에 처넣어져야 했는지도 모른다. 아니, 교통비도 감안하지 않을 수 없으니 스미다 강 언저리로 해야할까?

그래서 이참에는 적으나마 여기에 전 4연을 바르게 실으면서, 더불어 역자 兒島宏子 씨에게도 사죄의 뜻을 전하고 싶다.

기분 좋은 꿈을 꾸었어
나는 혼자가 아니었지……
날이 채 새기도 전에 잠에서 깼어
얼음장들이 갈라지는 소리에

기적이 있기를 바란다……

그곳에선 도끼를 가는

멋지고 쾌활한 사람들이

웃으며 모닥불을 피우고 있다

육중한 통나무배에 타르를 칠한다……

강은 노래하며 흘러간다

푸른빛을 띤 얼음덩이며, 물결이며,

노의 자취까지도……

유쾌한 떠들썩함에 취해

마음은 느껴워 벅차오르고……

연이은 봄의 생각

나는 알고 있다, 너도 혼자가 아니라는 것을……

1903년 3월 11일, A. 블로크, 兒島宏子 번역

각설하고, 체호프에게는 바이올린을 제재로 한 단편이 하
나 있다.

그렇다 보니…… 이런 추억이…….

——수년 전 여름, 나는 《카와카마스의 바이올린》 원고를 가지고서 얄타의 별장으로 향하였다. 며칠 전에 건넨 원고를 받으려고 더운 언덕길을 올랐다. 체호프는 셔츠 차림으로 테라스에 앉아 있다가, 나를 보더니 "읽었어요"라고 한마디 했다. 나는 손수건으로 땀을 훔치면서 여름 모자를 탁자 위에 내려놓았다.

"좀 더 읽기 편한 글로 썼으면 좋았을 텐데"라고 그는 덧붙였다. "네" 하고 나는 짧게 답하였다.

차가 나왔다. 내가 질색으로 싫어하는 아주 화려한 컵이었다.

"《카와카마스의 바이올린》이 조금 감미롭던가요?" 나는 마음에 품고 있던 점을 질문했다. 그러자 그가 안경을 벗어 탁자에 두면서,

"그대는 설탕을 몇 스푼이나 넣지?" 하고 물었다.

"두 스푼이오." 당장에 대답해 주며, 나는 그 자리에서 컵에 설탕 두 스푼을 넣었다.

"나는 언제나 네 스푼을 넣지." 체호프는 어찌 된 일인지 득의에 찬 얼굴로 말하였다.

"감미로운 것을 좋아하나 봐요. 그렇더라도 이 컵의 크

기에 네 스푼을 넣게 되면, 더 이상 녹지 않고 가라앉는 설탕이 있을 텐데요. 끓는 물에는 포화 용해도라는 것이 있잖아요. 두 스푼이나 네 스푼이나 녹을 수 있는 설탕의 농도는 결국 매한가지인걸요." 나도 지지 않았다. 그러자,

"하하하, 그대여, 차는 과학이 아니라네. 무엇보다 이 녹고 남은 것이 가장 중요하거든. 이것을 보면서 차를 마시노라면, 아아, 내가 사치스레 마시고 있구나 여겨져 공허한 만족감을 느낄 수가 있지. 여보게, 녹고 남은 이것이 중요하다네. 이해할 수 있겠나?" 하고, 체호프는 웃으면서 반론을 폈다.

그리고 말한 대로 네 스푼의 설탕이 들어간 컵을 가까이서 들여다보며, 스푼으로 휘젓지도 않은 채 맛나게 마셨다.

아닌 게 아니라 정말로 《로트실트의 바이올린》(1894년 작, 체호프의 단편)에는 《카와카마스의 바이올린》의 갑절이나 되는 감미로움이 담겨 있을는지도 모른다. 그러면 내 작품은 그렇게까지 감미로운 건 아니라는 생각에 다소나마 안심이 되었다.

돌아오는 길엔 비탈의 중턱까지 두루미가 따라왔다. 그의 프로필을 살펴보자니, 그도 그럴 것이 체호프는 소년

시절부터 갖은 고생을 겪어 왔기에 설탕의 녹고 남은 것에 대한 사소한 사치는 그러한 영향 때문은 아닐까 하는 생각이 들었다. 그리고 내 작품에서 부족한 것은, 이 녹고 남은 설탕일는지도 모르겠다는 생각도.

그리고 맺는말의 마지막에 등장하는 것이 관례가 되어 버린 나의 프로듀서, 未知谷의 飯島徹 님이 이번에는 다소 분위기를 달리한다.

——가을의 끝 무렵, 눈보라가 그쳤을 때 물에 빠진 생쥐 꼴을 하고서 한 마리 다람쥐가 찾아왔다. 얀의 오두막에서 가느다랗게 타오르는 페치카의 불길을 바라다보며, 그는 "페치카가 있으면 좋겠는데……" 하고 불쑥 말하였다——

내가 우거하는 반쯤 쓰러져 가는 오두막 역시도 대부분이 나무로 되어 있어, 수축한 목재들이 여기저기에 커다란 틈새기를 만들어 냈다. 그 틈새기로 스며드는 냉기에 시달리다 해가 짧아질라치면 서둘러 석유 스토브를 피워 놓아야 했다.

그럭하자니 무슨 일인가로 내 오두막을 찾은 프로듀서

가 불꽃이 활활 타오르는 스토브를 바라보며,

"불이 있으면 좋을 텐데……" 하고 말하였다.

"그래요" 하고 나는 응수했다.

다시 겨울날, 무슨 일인가로 찾아온 프로듀서는 스토브 위에서 수증기를 내뿜고 있는 주전자를 보면서 말했다.

"늘 물이 끓고 있다면 좋을 텐데……."

나는 차를 좋아하나 보다고 여겼더랬다.

"정히 그렇다면 사무실에 석유 스토브를 놓으면 되잖아요? 언제든지 차를 마실 수도 있을 테고."

"종이가 많아서……."

아아, 출판사는 불이 나기가 쉬워서 그런 거로구나고 나는 이해했다.

이렇게 해서 회색 콧수염이 돋아난 조금 커다란 다람쥐는, 이 이야기 속에서 페치카를 좋아하는 다람쥐가 되었다. 다만 콧수염의 다람쥐는 도토리들이 잔뜩 담긴 주머니를 들고 온 적은 없었다.

그리고 회화와 더불어 이미 시대에 뒤떨어진 표현 형식이 되어 버린 문학은…….

얀 이야기

❷

카와카마스의 바이올린

초판발행: 2008년 12월 15일

지은이: 마치다 준〔町田 純〕
옮긴이: 김은진 · 한인숙
총편집: 李姃旲

東文選
제10-64호, 78. 12. 16 등록
110-300 서울 종로구 관훈동 74번지
전화: 737-2795

ISBN 978-89-8038-923-0 04830
ISBN 978-89-8038-921-6(세트)